MÉMOIRES

DE NAZIS

MÉMOIRES D'UN FILS DE NAZIS

Roman d'Albert Russo

l'Aleph

Albert Russo

Mémoires d'un fils de nazis

Publié par l'Aleph – Suède

www.l-aleph.com

ISBN 978-91-87751-83-7

La première partie de ces 'Mémoires' est le texte de l'auteur le plus largement diffusé dans le monde. Il a paru dans des revues littéraires en français (l'Autre Journal, le Bulletin de la Fondation Auschwitz, Les Cahiers du Sens, etc.), en anglais, toujours dans sa propre version, aussi bien aux Etats-Unis, qu'au Canada, en Grande Bretagne et en Inde (Taj Mahal Review, Chandrabhaga, etc.), réédité à plusieurs reprises, ainsi qu'en traduction italienne, allemande (Fremde Verse), grecque, turque et polonaise.

En août 2014, ce même texte a été pré-sélectionné, sous le titre de **Venitian Thresholds,** *par l'American Gem and Filmmakers Literary Festival.*[1]

---

[1] Voir: www.filmmakers.com/contests/short/ info@filmmakers.com.

PRÉFACE

Albert Russo, le romancier du patchwork réussi

par Jean-Luc Maxence

éditeur du Nouvel Athanor, de la revue des 'Cahiers du Sens'
poète, romancier, essayiste

Si le temps pouvait suspendre son vol selon les vœux connus du poète, nous serions en 1975 et je retrouverais un beau jeune homme souriant et anticonformiste me proposant, rue Vaneau, dans un autre monde, son premier manuscrit, un roman bref et talentueux, *'Mosaïque newyorkaise'*. Il me plut d'emblée et je l'éditais sous le label des Éditions de l'Athanor. Albert Russo, d'origine anglo-italienne, est né en 1943 au Zaïre, il a vécu dix-sept en Afrique centrale et australe, puis aux Etats-Unis avant de s'installer en France où il vit aujourd'hui encore. Son œuvre de romancier, salué certes par James Baldwin ou Gilles Perrault notamment, est un magnifique témoignage de l'ambiguïté tragique du métissage des cultures et le fut bien avant que cette expression-là ne soit une tarte à la crème pour bien pensants sans nuances. D'une limpidité de style exceptionnelle, d'une imagination débridée et efficace, n'hésitant jamais à interroger l'ambivalence sexuelle de la personne humaine, le romancier Albert Russo est toujours en quête de la pièce manquante du puzzle des destins croisés. Roman après roman, il a su donner fureur et vie à son univers audacieux de *Sang Mêlé* (c'est le titre d'un de ses succès de librairie), défendre la cause homosexuelle sans tomber dans un militantisme aux bras étroits et à la pensée courte (son roman *L'amant de mon père,* édité en 2000 par nos soins fut peut-être l'un de ceux qui créèrent l'ambiance du débat actuel sur le mariage pour tous, y compris les gays). Albert Russo est, à nos yeux, l'un des romanciers les plus attachants et émouvants de ce début de siècle car il est comme un funambule éternellement en déséquilibre redressé sur son fil de mots et d'images, suspendu entre plusieurs continents antagonistes (l'Afrique, l'Amérique, l'Europe).

MÉMOIRES D'UN FILS DE NAZIS s'inscrit dans le droit fil des titres précédents. Il approfondit la question des origines et des secrets de l'enfance et de ces familles qui portent si souvent en leur sein une culpabilité monstrueuse telle une cicatrice indélébile. D'où venons-nous? De quel mystère inavoué? De quel amour? De quel coup de foudre ineffable? Qu'est-ce qu'un parcours de vie peuplé d'imprévus et de fausses contradictions? C'est à toutes ces interrogations fiévreuses qu'Albert Russo tente de répondre en nous donnant à lire ce «journal» qui s'ouvre sur un chapitre intitulé « Fabio, mon obsession»…

Rien, comme toujours chez Russo l'écorché vif, n'est linéaire. Mais de la première ligne à la dernière, l'histoire bat la chamade sans ennui, et derrière la diversité des cultures et le hasard des violences humaines (pas seulement physiques), c'est le Mystère primordial de l'Homme majuscule qui se révèle au travers des désirs contradictoires des corps et l'apparente absurdité de la vie elle-même.

Jean-Luc Maxence

Essai de Pierre Halen

spécialiste de l'Afrique et professeur à l'Université de Metz sur l'ensemble de l'oeuvre en français d'Albert Russo.

La migrance est de toute évidence une donnée essentielle dans la vie et dans l'œuvre d'**Albert Russo**. Cet écrivain singulier a en effet vécu dans plusieurs pays dispersés sur trois continents; il écrit et publie en deux langues principales (le français et l'anglais); surtout, il a fait du déplacement géographique et du contact interculturel, au sens le plus large, l'une des composantes essentielles de son œuvre. Il est lui-même issu d'un double contexte migrant: celui de la diaspora italienne d'origine rhodiote et sépharade et celui de la colonisation, vécue comme phase d'une globalisation moderne et urbaine. Il a connu ensuite l'expérience des études à l'étranger, puis celle de l'exil, d'abord aux Etats-Unis, puis en Italie, et ensuite en Belgique, loin des pays d'Afrique centrale où il avait vécu sa jeunesse; enfin, il a suivi la trajectoire de nombreux écrivains belges en s'établissant à Paris où il a composé l'essentiel de son œuvre.

Le mélange en est un aspect essentiel. Mélange des langues, y compris à l'intérieur d'un même livre comme dans *Dans la nuit bleu-fauve/Futureyes* (1992). Mélange des genres littéraires, dès son premier livre publié sous son nom: *Éclats de malachite*

(1971) ou sa première anthologie personnelle (*Albert Russo Anthology*, 1987). Mélange des expressions artistiques: beaucoup de ses livres sont illustrés par divers artistes et lui-même, à la fois comme photographe et écrivain, il a publié une vingtaine d'albums consacrés notamment à divers lieux de la planète (*Sri Lanka Serendib*, 2005; *Brussels Ride*, 2006; *Israel at heart*, 2007 etc.). Métissage biologique et culturel des groupes humains, thématique essentielle de ses évocations de l'Afrique contemporaine, depuis *La Pointe du diable* (1973), roman anti-apartheid. Mélange des générations et des lieux, comme dans sa série des Zapinette, destinée à la jeunesse. Mélange des genres au sens sexuel, affirmé dans un titre comme *L'Amant de mon père* (2000).

La France et Paris sont certes évoqués dans l'œuvre, notamment dans des albums photographiques récents: *In France* (2005), *Saint-Malo with love* (2006), *Noël in Paris* (2008), France: art, humour & nature (2008). Mais il s'agit là d'ouvrages publiés aux États-Unis et ils sont minoritaires par rapport aux autres lieux évoqués par d'autres albums: ils thématisent moins la migrance en France qu'ils ne participent à la globalisation des discours. La migrance, on le voit, ne s'exprime pas particulièrement dans un rapport avec un pays d'accueil, mais dans une expérience contemporaine de la modernité mondiale. Paris est dès lors surtout une mégapole cosmopolite, traitée comme New York (*Mosaïque new-yorkaise*, 1975 ; *Zapinette à New York*, 2000) ou, auparavant, Bujumbura la capitale du Burundi, dans *Éclipse sur le Lac Tanganyika* (1994).

Albert Russo affectionne la notion d'éclats, qui ne se retrouve pas par hasard dans deux de ses titres d'ouvrages: sa poétique est celle d'un monde à la fois uni, parce que globalisé et ouvert au désir de tous et diffracté en "mosaïque", en "kaléidoscope", deux autres mots-clés de son écriture. Si cette œuvre évoque à divers endroits la souffrance et l'injustice, l'humour et l'ironie y ont pris avec les années une dimension plus importante, en même temps que les évocations du corps: son *Tour du monde de la poésie gay* (2004) a ainsi pour sous-titre les 'Voyages facétieux d'Albert Russo'.

Le livre-charnière de cette œuvre est sans doute *Sang mêlé ou ton fils Léopold*, roman paru aux éditions du Griot en 1990, mais dont une première version avait été publiée en anglais en 1985. Ce roman, très vite réédité par l'antenne belge de France-Loisirs, est le livre qui, en même temps, lui a permis une véritable entrée dans l'édition française et une sorte de retour en Belgique, pays avec lequel cependant il n'a pas beaucoup d'autres liens que celui de la mémoire congolaise, mais aussi de développer sa poétique du métissage. Il s'agit bien de savoir qui est le 'fils de Léopold', – Léopold symbolisant le monde colonial ancien des 'nations' et des 'races' –, à dépasser dans une post-colonie hybride, ouverte, urbaine, où l'on peut se reconnaître, dans toutes les langues et en tous lieux, une *Ancêtre noire* (2003) ou un *Body glorious* (2006).

Recension de Brigitte Gabbaï
professeure d'anglais à la Sorbonne, paru dans
'Los Muestros', revue internationale publiée en plusieurs langues à
Bruxelles

Albert Russo, l'auteur de MÉMOIRES D'UN FILS DE NAZIS nous invite ici à un voyage dans six lieux différents. A chaque étape, une conversation, le plus souvent, sous forme de dialogue. A travers ces conversations multiples qui s'emboitent les unes dans les autres, le personnage central, Hans, ce fils de nazis, se raconte d'abord dans un journal qui lui sert d'introduction avant de dérouler son récit: mouvement de balancier entre la Venise de 1984 et une petite ville allemande, anonyme, en bordure de la Forêt-Noire, en 1944. C'est là le début d'un long cheminement géographique et personnel. Il s'agit en quelque sorte de la reconstitution de sa vie de manière fragmentée: le narrateur se tient au plus près du travail de remémoration, du devoir de mémoire peut-être.

Dès le début le lecteur s'interroge. Qui est donc cet oncle Ludwig bien-aimé, qui semble si bon, mais dont le comportement semble étrange, ambigu? Et qui est ce jeune Fabio caché / enfermé dans la mansarde sous l'apparente protection de ce nazi parfait, nazi modèle? Ce dernier, sous cette bonté démesurée, ne dissimule-t-il pas une effroyable perversion, celle d'un pédophile? Fabio est-il vraiment un enfant caché jusqu'à la fin de la guerre?

Oncle Ludwig part au front, disparition de Fabio. Fabio Lévy, originaire de Venise, déporté, ne reviendra pas des camps de la mort. Sa disparition, le souvenir de ce jeune enfant, hante l'esprit du narrateur Hans. C'est le fil rouge qui parcourt le roman.

Le récit proprement dit débute plus tard à New York. Hans est étudiant à l'Université de New York (NYU); il voyagera de par le monde avant de retourner en Allemagne et d'y fonder une famille. Il s'agit d'un périple ponctué d'étapes qui nous sont livrées, pleine de digressions sous forme d'expériences sexuelles multiples. La cohabitation estudiantine est compliquée, la vie d'étudiant semble difficile. Hans se sent emprisonné dans l'île de Manhattan, les sirènes qui déchirent les nuits silencieuses le mettent mal à l'aise.

Après New York, Venise, Venise la Sérénissime, le grand Canal et ses palais, le Lido. Hans, devenu psychanalyste, se trouve en compagnie d'une amie de longue date, Isabel, connue aux Etats-Unis, alcoolique, dépressive. Hans le psychanalyste ne pourra pas sauver cette Isabel du suicide. Elle mettra fin à ses jours après avoir tué son amant dans une suite de l'hôtel Danieli.

Puis vient se greffer un rappel du passé, passé nazi de la famille à laquelle il appartient, à travers la lecture d'un journal rédigé par une de ses patientes. Celle-ci, d'origine allemande et de religion catholique, est l'épouse d'un autrichien de confession juive. La psychanalyse à venir devra prendre en compte le fait qu'elle naquit dans un *Lebensborn*, ces «Fontaines de vie», nom donné à ces maternités nazies, dites fabriques d'enfants parfaits.

Le psychanalyste-narrateur qu'est Hans est aussi confronté à des cas plus qu'étranges. Il s'agit cette fois-ci d'un couple germano-italien. La femme, Moïra, allemande, exerce le métier de psychologue. L'homme, Flavio, italien, est dessinateur dans une fabrique de jouets. Banale rencontre du couple sur une piste de danse près de Heidelberg. Deux mois plus tard, ils deviennent amants dans l'appartement de Flavio. Au-dessus de la porte d'entrée, une étrange et dérangeante aquarelle: une petite fille sans vêtement porte une croix couleur rouge-fuchsia à la place du sexe. Aquarelle, signe annonciateur de choses à venir.

Puis un jour Flavio se rend subrepticement à Londres. Séjour qui semble mystérieux. Etrange comportement de celui-ci à son retour, «une nouvelle vie commence, pour toi, pour nous deux.» De quelle nouvelle vie s'agit-il? Flavio demande à Moïra de partager sa vie avec lui… individu émasculé ! Flavio est devenu Fiamma… et Moïra reste, néanmoins, amoureuse de Fiamma! Elles furent heureuses!

Un beau jour Hans qui est donc psychanalyste à Heidelberg rencontre un vieil allemand, ami de son oncle Ludwig. En vérité cet allemand sert d'intermédiaire auprès de son oncle qui vit toujours. Celui-ci souhaiterait renouer avec son neveu et il accepte même de le recevoir à Oaxaca, ville du Mexique où il réside.

Après cette pause à Heidelberg, notre psychanalyste-narrateur poursuit donc son périple en famille sur fond de divorce éventuel. Première étape à Mexico, ses musées, ses jardins flottants, les ruines de Chapultepec, la pyramide du Soleil, Taxco et la beauté de son paysage, «la cité qui s'embrase», puis la destination finale Oaxaca, le «joyau du Mexique», ville où s'est réfugié l'oncle nazi pédophile.

La rencontre entre l'oncle et le neveu a donc lieu. Pour ce qui est de la disparition de Fabio, l'oncle Ludwig donne une réponse qui ne peut être que celle d'un nazi: « ce n'est pas de ma faute.» Malaise de Hans, il quitte le domicile de son oncle au milieu de la conversation. «Le rendez-vous d'Oaxaca» est un échec.

Comment peut-on accepter d'être fils et neveu de nazis? Hans, néanmoins, éprouve une profonde attirance pour cette ville dans laquelle il songe s'installer après son divorce …à proximité de l'oncle Ludwig! Bien surprenante croisée des chemins! La boucle est-elle bouclée? C'est au lecteur de s'interroger sur la signification de ce beau et douloureux cheminement. Le lecteur est bouleversé.

Brigitte Gabbaï

CHAPITRE UN

FABIO, MON OBSESSION

COMME TOUTE VIE, LA MIENNE EST JALONNÉE DE SOUVENIRS, certains ayant l'illusion du bonheur, d'autres faisant mal, même très mal, lorsqu'ils affleurent à mon esprit.

Je considère le temps qui passe comme une suite de petites morts, les moments vécus restant uniques et ne pouvant jamais être répétés, car souvent les lieux que nous retrouvons nous emplissent d'une langueur indéfinissable, soit que nous regrettions notre jeunesse, soit que nous apparaissions comme des intrus dans ces mêmes lieux autrefois si familiers. Ne sommes-nous pas perpétuellement en sursis? Je dis ceci sans aucune morbidité, ni crainte excessive du présent ou du proche avenir – mais peut-on sincèrement vivre tout à fait heureux alors que des populations continuent de s'entretuer aux portes de notre continent, ou de succomber à la famine et aux maladies, chez nous curables, que les islamistes nous promettent mort et destruction aux quatre coins de la terre, jusqu'à la fin des temps (cela ne rappelle-t-il pas cet infâme Troisième Reich dans lequel j'ai baigné et qui devait durer mille ans?), et que la terre se venge de tous nos excès avec une brutalité génocidaire? – ni trop d'amertume, même si j'aurais préféré occulter certains pans de mon existence. Mais je veux encore croire que les épreuves que j'ai subies me renforcent au lieu du contraire, car je m'obstine à considérer que mon verre restera toujours à moitié rempli et non à moitié vide.

Je suis né en 1937. Mon père, dont je me souviens si peu (à part cette image où je le vois me prenant dans ses bras et me soulevant très haut dans les airs), est mort dans un accident de voiture quelques mois avant la déclaration de la guerre. Petit, il paraît que je ne cessais de le réclamer lorsqu'il était au travail, ma mère, elle, en était très fière, car il comptait parmi les hautes autorités du Parti, faisant de nous une famille respectée. Cette famille qui porte une culpabilité monstrueuse et qui s'est déteinte sur moi, en laissant une cicatrice indélébile. Mais j'ai aussi connu les joies et les plaisirs de la légèreté, comme tout un chacun, et je ne peux m'en plaindre. Après tout, aucun enfant ne choisit son destin.

En introduction à mon récit, je vous soumets, chers lecteurs, ce journal sous différentes formes, selon les événements qui se succéderont, et dont j'ai intitulé le premier chapitre 'Fabio, mon obsession'. Fabio est ce petit Juif vénitien que j'ai entrevu, enfant, en compagnie de mon oncle Ludwig, ce cher oncle SS qui me disait le protéger, mais qui, en réalité, avait abusé de lui, ce que je ne comprendrai que beaucoup plus tard. J'ai côtoyé ce garçon, qui avait mon âge, l'espace d'à peine quelques minutes, au moment le plus fragile de mon enfance, mais son souvenir m'accompagnera jusqu'à la fin de mes jours, car, l'un et l'autre, nous avons eu le coup de foudre, et savions déjà, par ce mystérieux et ineffable lien, que nous nous retrouverions, ici-bas ou dans l'au-delà.

Je vous raconterai mes longs séjours en Amérique, en Italie et au Mexique, puis, de retour en Allemagne, mon mariage avec une ingénieure informatique américaine, rencontrée à l'université ; nous aurons un fils, ce fils que je prénommerai Fabian. Et quand je ne supporterai plus le trop-plein d'émotion, je continuerai de me raconter avec les mêmes outils, toujours en évoquant le Fabio 'sacré' de mon enfance.

Après tout, la vie est un parcours tortueux, plein d'imprévus, alors, pourquoi donc cette histoire serait-elle lisse ou linéaire?

Venise, hiver 1984. Surgissant de l'écume du ciel, des mouettes volent bas au-dessus du *campo* puis tout aussitôt se replongent dans la tourmente grise pour aller livrer à d'autres quartiers le spectacle de leur fugacité éclatante. Deux *ragazzi* jouent au *calcio*. «Goal!» crie le plus âgé d'entre eux, tandis qu'il cogne dans le ballon d'un pied rageur. «Et encore raté», s'exclame l'autre avec défi. Hormis les deux jeunes garçons, le *campo* est désert. Même les sombres bâtisses efflanquées qui l'entourent et dont les persiennes sont à demi closes ne semblent exister que pour répondre à l'écho de ces voix enfantines.

Une petite ville aux abords de la Forêt-Noire, 1944. Je viens de fêter mes sept ans. Je suis allé chez l'oncle Ludwig mais la porte de la mansarde était verrouillée. Soudain j'ai entendu quelque chose bouger à l'intérieur, j'ai pensé que c'était une souris. J'ai prêté l'oreille plus attentivement et ai cru reconnaître des bruits de respiration. J'ai regardé par le trou de la serrure et j'ai sursauté. Une fille se trouvait assise sur la banquette-lit. Je ne pouvais voir que son visage et le col de sa blouse. Elle avait des cheveux très noirs, coupés comme ceux d'un page et de grands yeux aux cils magnifiques, mais avec tant de tristesse dans son regard! Cette nuit-là je suis resté éveillé jusqu'à l'aube, me demandant qui elle pouvait bien être. Une parente éloignée? Une cousine peut-être? Personne dans la famille n'avait des cheveux aussi noirs, châtain foncé oui, mais pas noirs. Je ne sais si je rêvais déjà, mais la fille me suppliait de la laisser sortir, elle parlait comme s'il s'agissait d'une prison. Ce n'est pas possible, oncle Ludwig est un homme trop bon pour vouloir du mal à une enfant. Mais alors, que fait-elle enfermée dans cette mansarde?

Venise 1984. Chaque pierre, chaque encoignure de cette ville me parlent comme si j'y avais vécu des siècles. Je me sens aussi vénitien que ces deux jeunes garçons jouant au *calcio*. Mais aurai-je jamais le courage de franchir le seuil de cette maison de repos?

Forêt-Noire, 1944. J'ai grimpé les escaliers sur la pointe des pieds, comme un chat et j'ai collé mon oeil au trou de la serrure. La fille hochait la tête d'un air effrayé. C'est alors que j'ai aperçu la grande main d'oncle Ludwig – il portait sa belle chevalière. «*Mein Liebling*», a-t-il murmuré en caressant la joue de la fille. «*Laisse-toi faire, je serai très doux.*» J'ai senti subitement la tête me tourner, j'ai pris peur et je me suis enfui.

Venise 1984. Être si près, mon Dieu. Mais voici quelques touristes. La visite commence dans dix minutes à peine. Il ne vient que peu de monde à cet endroit. Cette fois-ci, ils sont cinq. Je leur demande si je peux me joindre à eux. C'est le jeune homme barbu au sac à dos qui me répond, d'un ton presque enjoué. La dame portant un ensemble mauve s'adresse à moi en yiddish – elle doit avoir la soixantaine et dit qu'elle est canadienne. Je lui réponds en allemand et soudain elle devient livide. Dans son regard, il y a un mélange de frayeur et de répulsion qui très tôt se transforme en un sentiment de haine. Je voudrais hurler jusqu'à faire voler en éclats tous les carreaux du *campo*. «*Pardon, pardon six millions de fois... Je* *n'étais qu'un gosse.*» Dorénavant, la dame canadienne m'ignorera.

1944. Oncle Ludwig s'aperçoit de mon agitation. «*Qu'y a-t-il, Hanslein?*» me dit-il en fronçant les sourcils. J'ai la gorge qui me brûle et le seul geste dont je suis capable est de pointer le doigt vers la mansarde. Le silence qui s'ensuit me paraît interminable, il est aussi étouffant que si mille flammes me léchaient le visage. Il met son bras autour de mes épaules. «*C'est un secret, Hanslein*», me dit-il enfin, dans une voix qui me semble appartenir à quelqu'un d'autre. «*Tu seras le seul à savoir.*» Avant même qu'il poursuive, pris de panique, je m'entends murmurer: «*Je le jure sur la vie de Mutti, je ne le dirai à personne, même pas à elle.* «Oncle Ludwig pose un baiser sur mon front et me conduit à la mansarde. Il sort une clef de la poche de son veston militaire, l'introduit dans la serrure et ouvre la porte. Debout, près de la banquette-lit, la fille me fixe, confondue. Ses longs cils se mettent à battre comme ceux d'une poupée mécanique. Elle est un peu plus grande que moi et porte des vêtements de garçon. C'est seulement quand oncle Ludwig nous présente que j'apprends qu'il ne s'agit pas du tout d'une fille. Et j'en suis stupéfait. Lentement je me reprends puis pense: «*Elle est... il est beau comme un prince.*»

«Fabio va rester avec moi jusqu'à la fin de la guerre», explique oncle Ludwig. «*Il court un grand danger, c'est pour cela que je l'ai pris sous ma protection.*» Il dit ensuite quelque chose au garçon en italien et nous nous séparons.

1984. Tandis qu'elle nous introduit dans la synagogue allemande où se trouve le musée, notre jolie guide nous brosse l'histoire du ghetto. Elle nous apprend que le mot *ghetto* trouve son origine ici même et est dérivé du verbe *gettare* car c'est à cet endroit que se trouvait la fonderie où l'on coulait des projectiles. Jusqu'au XVIe siècle, les Juifs de Venise vivaient éparpillés à travers toute la ville. Puis un édit les confina au *sestrier* di Canareggio – où nous nous trouvons en ce moment –, afin qu'ils ne puissent plus échapper au contrôle des édiles. Cela explique la hauteur des maisons du quartier. Jusqu'à cinq mille personnes vécurent entassées dans ce périmètre. Quant aux Juifs travaillant à l'extérieur du ghetto, ils devaient obligatoirement porter un chapeau jaune. Malgré les contraintes et les vexations de toutes sortes, la communauté du Canareggio devint l'un des foyers intellectuels les plus prospères d'Europe. Ils furent cependant taxés à tel point que lorsque Napoléon conquit la Vénétie, la population ne comptait plus que mille âmes environ. Ils accueillirent l'empereur des Français comme un libérateur. Celui-ci, les ayant affranchis; avait donné l'ordre d'abattre les portes du ghetto. «*Et aujourd'hui*», demande la dame canadienne, «combien sont-ils?» «À peine quelques centaines,» dit la guide en précisant, «je suis moi-même catholique.» Ensuite, la dame canadienne se retourne vers moi, et me foudroie du regard.

1944. Je brûle d'impatience de revoir Fabio et attends au salon le retour d'oncle Ludwig. Il m'a promis qu'il serait rentré pour six heures. Six heures et quart! Je me suis toujours senti protégé dans cette maison, c'est peut-être pour cela que je repousse au fond de mon esprit les mauvais rêves de la nuit dernière. Mais pourquoi donc Fabio serait-il en danger? Les Italiens sont tout de même bien nos alliés. Je suis sûr que lui et moi deviendrons amis, je l'ai lu dans ses yeux hier lorsque nous nous sommes dit au revoir. Il est sept heures moins dix. Vraiment, oncle Ludwig, tu exagères. Tant pis, je monte. Mon Dieu! La porte de la mansarde est grande ouverte et Fabio est parti. Il y a un message sur la banquette-lit, c'est pour moi. *«Hanslein, j'ai été rappelé au front et je crains de ne pas être de retour avant longtemps. Surtout ne t'en fais pas, je prends bien soin de notre 'mascotte'. Je te donnerai des nouvelles aussitôt que je le pourrai. N'oublie pas la promesse que tu m'as faite. Je sais que je peux faire confiance à mon neveu bien-aimé. Ton oncle Ludwig.»*

1984. «Des cinq *Schole* ou synagogues que compte le *campo*, une seule est ouverte à la prière», nous dit la guide tandis que nous admirons la *Schola levantina*, un joyau de l'architecture baroque, qui vient d'être restaurée. Notre guide nous apprend que le Comité pour la Sauvegarde de Venise a décerné en 1983 son prix à la communauté juive pour l'effort de restauration de ses *schole* et de l'ancien hôpital, ce dernier ayant été converti en maison de repos pour personnes âgées. La maison de repos, c'est là qu'elle demeure.

1944. Quatre mois depuis le départ d'oncle Ludwig et de Fabio. Et toujours aucune nouvelle. *Mutti* m'a donné les clefs de la maison. C'est elle qui les garde pendant l'absence d'oncle Ludwig. Bien entendu, *Mutti* ne sait rien au sujet de Fabio. Dans la mansarde, lorsque j'ai soulevé l'abattant de la banquette-lit ce matin, j'ai trouvé parmi mes vieux jouets mon tout premier cahier de dessin, celui de la maternelle. En tournant les pages, sur quoi suis-je tombé, à mon immense surprise? Sur une lettre de Fabio! Elle est au crayon et d'une écriture très serrée. Comme c'est en italien, je ne comprends rien du tout. Mais il y a au bas de la page une adresse à Venise avec son prénom et son nom de famille: il s'appelle donc Fabio Levi... Fabio Levi.

1984. Nous arrivons au terme de la visite et nous nous séparons, les deux *ragazzi* ont cessé de jouer au *calcio*. Le *campo* est maintenant peuplé de fantômes, de fantômes bienveillants, mais aussi de fantômes qui, rentrés de leur exil forcé, languissent dans l'entrebâillement des persiennes. Je traverse la place jusqu'au monument de l'Holocauste. C'est un bas-relief en bronze. Les détails sont insoutenables et je suis obligé de détourner le regard. C'est ici que s'assemblent les fantômes des persécutés. Je les sens, un froid glacial me parcourt le dos. Et à nouveau la question restée sans réponse me harcèle: «*Comment mon peuple, cette nation hautement civilisée qui a donné au monde Goethe et Beethoven, mais aussi Karl Marx et Einstein, a-t-il pu commettre pareille abomination? Comment nous qui nous réclamons du Christ avons-nous pu être frappés d'amnésie collective au point d'oublier que le Fils de Dieu était juif, que Marie et Joseph, ses parents, étaient juifs? INRI.*» Assez, si je reste une minute de plus ici je vais perdre la raison.

1945. La guerre est finie. La maison d'oncle Ludwig a été rasée lors du dernier bombardement aérien. Il ne nous reviendra plus. *Mutti* et moi avons beaucoup pleuré. Il était si bon l'oncle Ludwig. Qu'est-il arrivé à Fabio? C'est étrange, je porte aussi son deuil, mais seul, comme si j'avais perdu mon meilleur ami. Chaque matin lorsque je me lève, je ressens un poids terrible dans la poitrine et alors je prie le Seigneur. Peut-être Fabio a-t-il été épargné? Peut-être se trouve-t-il en ce moment même à Venise auprès de ses parents? Comme je serais heureux de le revoir! Si seulement je pouvais parler de Fabio à *Mutti*, j'aurais moins de peine; mais non, je dois garder ma loyauté envers l'oncle Ludwig. D'ailleurs j'ai trouvé une autre cachette pour le cahier de dessin. Au lycée, j'apprendrai l'italien.

Bonn, 1958. Les mois de recherches, les interminables cavalcades à l'administration, les piles d'archives: je croyais que je n'en viendrais jamais à bout. Enfin, j'ai pu obtenir du ministère des renseignements sur la famille de Fabio. Il y a quelques années, une certaine *Signora* Franca Levi a adressé au gouvernement allemand une demande de réparations de guerre. Elle est l'unique survivante d'une famille de quatre personnes. Son mari Davide et ses deux enfants, Fabio et Liliana, ont péri dans des camps de concentration – lesquels? On ne le saura jamais. Même avec l'argent qu'elle reçoit du ministère, *Signora* Levi se voit obligée de faire des ménages pendant la semaine et de la couture le week-end pour un grand magasin de mode. Fabio est mon obsession, obsession qui est le pivot de mon existence. S'il en était autrement, aurais-je entrepris des études de psychanalyse, d'abord à New York, où *Mutti* voulait que j'aille absolument, '*parce que l'avenir appartenait à l'Amérique*' – elle a dû travailler deux fois plus dur afin de pouvoir m'y envoyer, ma bourse d'études étant bien insuffisante pour couvrir les frais de logement, de nourriture et les à-côtés – ensuite, à l'Université de Heidelberg, pour finalement me spécialiser en langue et littérature italiennes, à la Bocconi à Milan.

Fabio, prince des anges. Et de penser que j'ai pu aimer avec tant de candeur l'oncle Ludwig me donne des frissons.

Je mentionnerai plus tard les quatre années passées après mon *Abitur* (L'équivalant du baccalauréat) à la City University de New York, alors que j'étais encore très fragile. Si *Mutti* avait connu mon secret je ne pense pas qu'elle aurait osé m'envoyer si loin, elle qui rêvait de pouvoir un jour me rejoindre dans le Nouveau Monde et de goûter au rêve américain que certains films de Hollywood faisaient entrevoir dans la splendeur du Cinémascope et du Technicolor.

1984. La richesse d'apparat, la magnificence de la messe dominicale à *San Marco*. En ce moment, tu aurais pu t'asseoir dans l'une de ces rangées, à quelques pas de moi, si seulement... si seulement... et nous ne nous serions jamais rencontrés. Écoute donc ces voix de séraphins. Ne sont-elles pas l'hymne le plus merveilleux à la gloire de notre Créateur? À présent je le sais Fabio, c'est à l'instant où j'ai posé mon regard sur toi que la foi m'a quitté.

Bonn, 1960. Maintenant que je détiens cette chaire de professeur à l'université d'Heidelberg, je peux enfin réaliser le projet que je m'étais fixé il y a trois ans. À cet effet, je me suis arrangé avec le ministère pour que soit ajoutée au transfert de fonds perçus par *Signora* Levi la part de ma contribution annuelle, et ce, jusqu'au décès de la bénéficiaire. Mon anonymat sera respecté.

1984. Dans le hall d'entrée de la maison de repos. J'ai attendu quarante ans avant de franchir ce seuil. Dans mon italien à l'accent le plus pur, et sans trahir mes émotions, je lui dirai: *"Signora Levi, vous ne vous souvenez probablement pas de moi, enfant, j'habitais le sestrier de Dorsoduro, du côté de Santa Croce, je venais souvent jouer avec Fabio, nous étions très liés et..."*

CHAPITRE DEUX

UN MONDE NOUVEAU
Années 50

QUELQUE CHOSE EN MOI S'EST BRISE. LES SENSATIONS ME fuient et la chute est vertigineuse. Des mots longilignes et fugaces comme une paire de belles jambes sur Park Avenue. Des mots qui devant l'acte d'amour perdent leur impact. Des mots sans importance ou si denses que l'on ne voit plus.

Spectres et mirages, synonymes de mourir. Ces mots qui font parfois sourire, je te les dédie, Fabio, à toi qui m'habites depuis ce moment unique et précieux où nos regards se sont croisés chez cet oncle qui t'a si mal aimé, je te les dédie à toi, INCONNU MON AMI. À Toi quand j'aurai la nausée du Moi. À Lui, pour me venger de mes insomnies. Ne sont-ils point prétentieux à vouloir refléter ce siècle dangereux? Qu'ils fléchissent alors! Ma tête éclatera cent fois et je cueillerai des fragments de mosaïque. Chacun portera un nom, sera un lieu.

Les aiguilles de ma montre zigzaguent, une larme sur le cadran, des rayons blafards s'infléchissent contre les pieds du lit en ondoiements ocellés, cordes d'une harpe pincées par des mains fantômes.

Le sommeil, insaisissable comme une rampe d'air le long d'un escalier de pierre, rumeur de la jungle humaine s'insinuant jusqu'au trente-huitième étage, dans cette chambre exiguë qui sent la moquette enfumée.

Trois heures et demie, quatre heures du matin. Une sirène tout à coup déchire le battement sourd de la métropole pour éteindre ses lamentations quelque part au bout de l'obscurité.

L'angoisse m'étouffe avec ses baisers de ventouse. L'Amérique, celle de mes rêves d'adolescent, semble tout entière aspirée par l'odeur de moisi qui m'enveloppe, et dehors, ce gigantesque pichet qui se remplit de bière, disparaît et inlassablement rejoue sa comédie lumineuse.

Des gonds résonnent dans ma tête. Les premiers pastels de l'aube m'engourdissent – éphémère douceur – un arc-en-ciel sur les paupières.

Lorsque je m'éveille, les tentures gondolent, bouffies de clarté. Mes yeux soutiennent mal cette intrusion du jour, et pendant quelques secondes, je me mets à tanguer... du sable étincelant à l'encre bleue des fonds marins – chocs extrêmes – papillotantes ailes nocturnes qui s'évanouissent pour ensuite se métamorphoser en une tapisserie d'écailles.

Il doit être midi, j'ai faim. On m'indique une porte à tambour, et sans quitter l'immeuble, j'entre dans une couveuse en forme de cylindre autour de laquelle mangent au son d'une musique à peine audible, des gens dont le maintien désinvolte tranche avec le décor.

Je me hisse sur un tabouret rotatif devant le comptoir en aluminium. Où que l'on se tourne, l'on ne peut échapper à l'impitoyable braquage des réflecteurs, comme si leur intensité régissait l'appétit des consommateurs, voire le rythme même de leur ingestion.

Ainsi me trouvé-je dans ce que l'on nomme une cafétéria – consonance trop latine pour un tel endroit, atmosphère trop aseptisée pour une aussi chaude rime.

Mes valises à bout de bras, je sors, affrontant la démesure dans son écrasante multiplicité: ces flèches de béton qui réduisent le ciel en lambeaux, ces trottoirs tyrannisés par une foule malodorante, les gesticulations frénétiques des annonces polychromes, et la chaussée, ornières de réglisse, qui va s'étrangler à l'ouest, sous l'étreinte des pneus.

Je me départis du Hans mélancolique, devenu subitement dérisoire. Il s'est éclipsé dans l'anonymat, cet Imposteur au masque de cire que je côtoierai à maintes reprises sans jamais le connaître, mais qui lui, avec une perspicacité sournoise et démoniaque, m'inculquera la notion de solitude.

Un autre Hans, les yeux captivés et appréhensifs, s'imprègne irréversiblement en moi. J'attends quelques minutes sur le trottoir. Mon immobilité semble gêner l'engrenage de ces courroies de chair qui me longent dans les deux sens. Est-ce donc cela la course contre le temps? Un chronomètre invisible qui règle le va-et-vient de ces myriades de cellules?

Comme j'aurais aimé que tu sois à mes côtés, Fabio, dans cette ville-gigogne, cette ville qui gobe les gens comme l'ogre avale l'enfant qui s'est trouvé par hasard sur son chemin et qui n'a même pas le temps de s'enfuir. Nous aurions été avalés ensemble, main dans la main, et nous nous serions consolés mutuellement, ou alors tu aurais vu le danger et m'aurais arraché à la dernière seconde au prédateur. Dieu que je pense à toi, Fabio, encore plus fort que lorsque j'étais en Allemagne. J'ai si mal de ton absence.

Avenues rectilignes, symétrie des immeubles-forteresses, chassé-croisé de lacets en quinconce. Même l'air semble ici prisonnier. Débouchant sur le pont, je crois à un mirage. Des quais! J'avais oublié que Manhattan est une île et je dois me ressaisir comme devant un mot usuel dont la résonance devient soudain inintelligible.

La parenthèse du bras de mer, puis un nouveau décor de pierre, des bâtisses en grès marron à deux ou trois étages. Vieilles dames de Brooklyn de sobre allure qui se succèdent, engendrant de curieuses perspectives. On dirait qu'elles se tiennent les coudes contre des agresseurs potentiels et que du haut de leurs garde-fous, rampes de fonte, elles toisent les passants.

C'est donc là que je résiderai, dans l'un de ces alvéoles brillants de ce bloc de cristal qui s'érige, insolite, orné de sa haie d'arbustes, au milieu de la rouille et de la grisaille.

Un jardin, parsemé de lampadaires en forme de champignons mène à l'internat. Allongés sur la pelouse, des étudiants en tenue sportive – blue jeans et pullover – offrent leur teint hâlé aux rayons de l'automne.

La Directrice de l'établissement vient à ma rencontre. Une robe à pois s'accroche à sa carrure masculine et des chaussures à bouts arrondis semblent la retenir au sol, tant elles sont massives. Mais, détail cocasse, elle porte des lunettes qui lui confèrent un aspect faussement aérien, à cause de ces ailes de papillons collées à la monture, et un air ingénu qui l'accompagne malgré elle.

Je suis seul, la gorge nouée, je me mets à inspecter ma chambre. Recouvrant peu à peu mon assurance, je commence à suspendre mes costumes et range le linge dans les tiroirs encore frais de l'odeur de vernis.

Un grand rouquin entre sans frapper. Il me dépasse d'une tête au moins. Entre l'ourlet effiloché de son bermuda et ses tennis maculés, apparaissent les muscles de ses mollets:

«*Hello!*» nasille-t-il en tordant sa mâchoire.

Bien que mes connaissances de la langue de Shakespeare soient assez bonnes – j'étais premier de ma classe aussi bien en anglais qu'en italien –, je dois fournir un certain effort pour le comprendre. Il escamote toutes les consonnes:

«*German, hey!* On vous a donné une bonne raclée en 1945, *fucking Krauts!*»

Je l'écoute, éberlué. Il parle golf, motos, baseball, autant de sujets pour lesquels je n'ai jamais eu la moindre inclination.

Don – c'est son prénom – bénéficie d'une bourse octroyée par sa confrérie athlétique.

Rompu d'une fatigue plus émotive que physique, je n'attends pas le déclin du jour pour me coucher. Je dois être en train de rêver... et sans doute est-il tard lorsqu'un claquement de doigts me fait sursauter. Sur l'autre lit, trois paires de mains éclairées par une lampe de chevet se passent des cartes et font tinter des jetons. Un nuage de fumée plane au-dessus de jurons étouffés. M'adressant à Don, je le prie de baisser la voix:

«*Shit*!» Tu ne vas pas commencer à me donner des ordres! Regardez-moi ce mangeur de saucisses. *Fuck you*!»

Je tourne la tête en silence, comprimant ma rage sur l'oreiller, et me dis que si tu étais là, Fabio, tu m'aurais protégé de cette brute, non pas avec tes poings, car tu n'étais pas fait pour la violence – alors que toi-même tu as subi la pire des humiliations – mais avec la douceur de tes paroles.

Touffeur accablante. Des chevaux hennissent. Les sabots frappent le sol avec un bruit de pulpe que l'on projette contre une surface graveleuse. La terre est rouge. On la dirait ensanglantée depuis des millénaires. Nuages de caillots pulvérisés que soulèvent ces bêtes en furie.

Convulsions épileptiques. Des chapeaux à larges bords pavoisent la tribune. Impassibles, ils cachent une armée d'yeux qui devant un tel spectacle ne peuvent être que sanguinaires.

Eclats de rire qui jaillissent comme d'un entonnoir. Écho viscéral, caverneux.

Quelqu'un ordonne d'ériger une palissade et d'y enfermer les animaux. Seul, un étalon demeure en liberté; superbe, le plus vicieux d'entre tous. L'adolescent qui le monte a les traits blêmes de la peur. Entièrement nu, il se cramponne à la crinière du mustang, lequel rue, amble d'un côté puis de l'autre, se cabre, butte sur place et fringue sans transition apparente, chauvissant des oreilles comme traqué par une escadrille de guêpes, ignorant du poids qu'il supporte.

Arc tendu sur une masse de nerfs, l'apprenti cavalier se plaque contre l'échine rebelle, mais les fils soyeux auxquels il tente de s'accrocher glissent. Il a les paumes hachurées de fines coupures, lignes violacées où se confondent les lignes naturelles de ses mains. Ses paumes sont humides, moites d'une sève cuisante. Il voudrait contenir la fougue de l'animal, lui enfoncer ses ongles noircis par le sang et la transpiration jusque dans le vif de la chair, se venger sur la bête de ces spectateurs qui les ont livrés l'un à l'autre pour leur plaisir sadique.

Mais le jeune homme n'a guère le temps de réfléchir, malgré les cris d'exhortation – ou de haine sadique – qui fusent de la ceinture de voix qui l'embastille. À présent, il ne s'agit même plus de dompter la bête mais de maintenir son propre équilibre. Son sexe, se frottant à l'échine de l'animal, se gonfle, puis s'épanouit dans toute sa splendeur; trop occupé à essayer de maîtriser le cheval, il ne s'en rend pas compte. Il sent néanmoins une gêne diffuse entre les cuisses. À chaque fois qu'il les serre contre les flancs de la bête pour mieux s'y agripper, et que celle-ci rue avec le dessein de le projeter au sol, il plaque sa tête contre l'échine, pour aussitôt se coller à la croupe de son tortionnaire. Il a cette sensation contradictoire, à la fois de faire corps avec le mustang, lorsque, de toutes ses forces, de tous ses pores, il le ceint, et d'être une excroissance dont on veut à tout prix se débarrasser par des gesticulations hystériques.

Un cri déchire l'atmosphère. Goût de terre sèche au fond de la gorge. Les yeux embués par le sommeil et la fièvre, le torse dégoulinant et le sexe poisseux, je me réveille avec une odeur âcre de transpiration et de sperme encore tout chaud.

Mon aversion pour le métro est associée à un cauchemar d'enfance. En dépit du fait que je l'emprunte aux heures de pointe, ou peut-être même pour cette raison, à cause de cette senteur si pénétrante où les effluves d'aisselles et de bouches vous collent aux narines avec un arrière-goût de maïs soufflé, je ne parviens pas à me départir de la vision lugubre qui, ponctuellement lorsque je me trouve dans le souterrain, émerge du gouffre de ma mémoire.

J'avais beau m'astreindre à 'geler' la distance consciente qui séparait le campus de Washington Square – où s'érigeaient les bâtiments néo-classiques de l'Université – par de puérils exercices mentaux – rien n'y faisait.

Je le respirais encore, ce train à charbon roulant à toute vapeur vers une destination inconnue. Dans le compartiment feutré, je reconnais mon oncle Ludwig. Il est entouré de deux passagers dont les traits se distinguent mal. Des gouttes de sueur perlent sur son front, embuant ses épais sourcils en bataille. Cette tête qui jadis irradiait d'une vigueur indomptable, la voilà soudain grisonnante. Ses joues parcheminées, la barbe incolore, voile de poussière: un masque de revenant. De quoi aurait-il l'air, s'il vivait encore? À quoi était due cette métamorphose?

L'oncle Ludwig se lève, traverse le couloir envahi par une brume fuligineuse pour rejoindre la deuxième voiture. Plainte des fonds marins comme celles qui annoncent la houle. Brusquement s'abat une trombe. Elle le projette sur un îlot boisé, surpeuplé de membres anguleux. Avec beaucoup de peine il s'y fraie un passage, haie de coudes où il force une brèche. Au lieu de la clairière, il découvre en quinconce un clos d'arbres si sombres, que leur feuillage ressemble à du velours. Parfum de résine, mêlé à la puanteur de la suie.

Les yeux brillants de fièvre, mon oncle s'affaisse devant un tronc couché, creux comme un cercueil. Le spectacle me laisse indifférent, et lorsque je m'approche du sarcophage, je sens se tourner vers moi des visages au teint d'écorce. Un cri résonne puis se meurt, noyé par les larmes des branches. Branches traîtresses qui se ploient et me poussent dans le tronc.

J'ai compris, mais trop tard, que la place m'était désignée par celui dont le sang m'a injecté du poison. Mais au moment où je tends les bras pour qu'une âme charitable me sorte de cette prison, une sarabande se forme au-dessus de ma tête, qui semble émerger des tableaux surréalistes de Salvador Dali et de

Picasso: jambes s'entrecroisant autour d'un sein de femme à l'aréole bleuie par la morsure, bouches ouvertes et édentées en formes de vulves, nez humant le gland suintant et surdimensionné d'un phallus, et, entre deux fesses glabres et joufflues, le visage assoupi de mon oncle. Le regard de ce dernier se transforme bientôt par un rictus sadique, comme si de me voir dans un tel effarement, l'avait réveillé. Tandis que résonne l'écho d'un rire que je reconnais entre tous, celui de l'oncle Ludwig, cet homme que je croyais si bon et qui à présent m'humilie en applaudissant cette orgie sexuelle. Et je comprends aussi qu'il en est le régisseur. A-t-il voulu se venger de toutes ses frustrations passées, d'avoir essayé, mais jamais réussi à me molester, enfant, et d'avoir finalement jeté son dévolu sur Fabio? Car je me souviens maintenant de ses approches, de ses hésitations, puis de ses renoncements. Suivaient des rires sonores, pour ce que je croyais des vétilles, me faisant tressaillir jusque dans mes extrémités nerveuses. Non, il n'a jamais osé passer à l'acte, mais il brûlait de le faire et cela le rendait exalté chaque fois que nous nous rencontrions. Et *Mutti*, cette mère que j'adorais, qui ne comprenait pas ma réserve envers lui, lui qui «faisait tout pour nous rendre heureux, avec tant de générosité et d'abnégation», lui, qui avait pris la place de ce père manquant si admiré par ses pairs, «lui le nazi modèle!»

Quand je n'étais pas d'humeur trop maussade – me lever du bon pied relevait du miracle au début de mon séjour à New York –, je me prenais à extravaguer, pensant par exemple que je faisais partie d'un cirque ambulant où l'on avait jeté les animaux pêle-mêle – mais que ces animaux agissaient sous l'emprise d'une sorte d'hypnose collective.

Il aurait suffi d'un moment d'inattention du dompteur – ce qui se traduirait en l'occurrence par une coupure de courant – pour que la panique s'emparât de chacun de nous, et que dans le tumulte, nous nous entredévorâmes.

À quelle espèce j'appartiens? Vous seuls en serez juges. Mais tenez, ce bouledogue, la gueule baveuse, reniflant avec dégoût l'intérieur de son journal, prêt à le déchiqueter, tandis que son voisin de gauche, un aigle au cou tendu comme une corde d'alpiniste, tâche non sans une feinte indifférence de lorgner du côté des petites annonces. À côté, cette femelle phoque haletante, croulant sous le poids de sa masse et occupant le quart de siège que vient de lui céder un chevreau à peine velu; ses yeux furètent sans cesse dans un sac de victuailles qu'elle tient serré contre son giron – craint-elle que quelqu'un le lui ravisse pour renâcler si puissamment? Ou encore cette paonne longiligne d'une sobre distinction – à l'encontre du mâle dont la livrée princière et la queue ocellée sont un spectacle – offrant aux regards blasés sa huppe découverte, insolite crête de bigoudis qui exhale une forte odeur de laque, ne semblant pas le moins du monde embarrassée par les oeillades que lui décoche une matrone au genre indé-finis-sable. Quel sans-gêne, dîtes-donc, ces oiselles! J'en apercevais surtout le matin et j'avoue qu'elles me laissaient pantois, autant que si une beauté en sari me fut apparue... chauve à un banquet. J'adore les femmes en sari, pourvu qu'elles soient élancées. Depuis que j'ai vu cette indienne contourner l'angle de la Cinquième

Avenue – rencontre furtive, que dis-je, aérolithe flamboyant –
je rêve d'aller à Jaipur. Qui pouvait-elle bien être? L'épouse
d'un diplomate, d'un maharadjah déchu? Drapée de soie,
ondes céruléennes, elle avait un teint d'une pâleur à faire
frémir, et portait, unique bijou sur cette peau opaline, une
lentille de diamant épinglée à la narine.

Ah ce métro que je ne puis souffrir et dans lequel mon esprit
grince de tant de claustrophobie! En ta compagnie, Fabio, je
me serais sans doute senti plus léger, peut-être même que nous
aurions éclaté de rire tandis que tu aurais détaillé les passagers
de ce zoo ambulant.

Qu'il le fît sciemment ou pas, je ne pourrais le jurer, mais
Don – diminutif de 'Donald', qu'il faut prononcer 'donne' –
avait l'art de m'agacer.

«*Chochotte*!» m'apostrophait-il lorsque je le suppliais de ne
plus claquer la porte ou de ménager la force avec laquelle il se
déchaussait, catapultant ses tennis à travers la pièce comme s'il
voulait se débarrasser d'une quelconque vidange. L'un d'eux
un jour atterrit dans ma corbeille. Il sentait le Munster rance.
Et dire que j'en raffole!

Parfois, pour brûler son excès d'énergie, Don s'en prenait au
sac de linge, le rouant de coups de poings, tel un boxeur qui
après une cuisante défaite, se jure de gagner la revanche. Il
éprouvait un besoin insatiable de se dépenser, n'épargnant
aucun muscle de son corps, cisaillant tantôt des jambes,
bondissant sur place, ou interceptant d'un geste de la tête une
balle imaginaire qu'il renvoyait avec détermination à l'autre

bout du terrain. Le qualifier de nerveux eut été un euphémisme. Il semblait plutôt en proie à des crises d'épilepsie, crises qu'il accusait non sans un certain plaisir. Cela tenait même de la jouissance démoniaque, frisant le masochisme, car il lui arrivait de se fouetter les membres à l'aide d'une serviette humide. C'était, affirmait-il, excellent pour activer la circulation... Rien de tel après une douche écossaise, on en ressortait merveilleusement revigoré, «*full of pep*»!

Maintes fois, il avait essayé de me convertir à cette gymnastique. Je ne savais pas ce que je manquais, je resterais donc une éternelle mauviette! D'ailleurs, je ne suis pas près d'oublier les bleus qu'il m'a occasionnés la première semaine de mon arrivée à l'internat. Si je n'avais pas hurlé en appuyant sur la plus aiguë de mes cordes vocales – une performance dont il ne soupçonnait point que je fusse capable, à en juger de sa réaction –, il aurait continué de se servir de moi comme *punching ball*. De l'exercice, que diable! Avoir vécu chez les Fritz et être aussi mou! Vraiment, ça le dépassait. Il s'attendait sans doute à voir débarquer le fils d'une Walkyrie chez lui. Quelle déception!

Un dimanche de l'été indien, cette courte saison préludant à l'hiver et où l'on peut encore malgré l'ocre fourrure des arbres jouir d'un peu de chaleur, Don m'entraîna à Jones Beach, en compagnie de Reagan, son inséparable copain. La plage était chamarrée de monde.

Des dizaines de transistors crachotaient mélodies et chansons, emplissant la tête d'un brouhaha graillonnant qui me crispait les tempes, comme si tout à coup par un astucieux mixage, ces bruits se fussent canalisés dans ma bouche, puis retransmis en une sorte de plainte quinteuse. Gencives agacées, je m'imaginais soudain castrat. Pour ne pas me perdre au milieu de ce paysage de ballons nus et multicolores ou couverts de cheveux, de cornets de glace, de barbe-à-papa, de cônes de frites et de sucres d'orge aux formes les plus invraisemblables – une fillette suçait alternativement deux énormes trèfles à quatre feuilles: une autre, la quarantaine passée, léchait avec force concentration l'une des oreilles de Pluto – je ne lâchais pas du doigt le sweater de Reagan. Mes guides, à côté de qui je faisais figure de demi-mesure et dont j'étais le dernier souci, marchaient à pas de loup, au point que pour les suivre, j'encaissais stoïquement des crocs en jambes. On eût dit qu'ils se laissaient guider par leur flair tels des chiens de meute fonçant droit devant eux, sans prêter la moindre attention à la faune environnante. Tout à coup, Don s'arrêta net, se cabrant presque. Il fit à son copain un geste de connivence que je ne pus saisir. Pris de court, je me heurtai le menton à l'omoplate de Reagan. Mon camarade de chambre se mouilla l'index et le brandit en l'air, puis il éclata de rire. Le blond, se retournant vers moi émit un sifflement prolongé et viril, on ne peut plus évocateur.

Euréka! Ils venaient de trouver 'l'objet' de leur convoitise: un trio en bikini dont l'urgente préoccupation était de s'enduire les épaules de crème filtrante. Elles paraissaient tellement absorbées par leurs soins, tellement oublieuses de la vie qui grouillait alentour, qu'il eût fallu une décharge d'explosifs pour détruire l'écran de solitude qui les encerclait. Rien ne semblait les atteindre: ni les braillements d'un mioche auquel on essayait d'ôter la barboteuse, ni les jets de sable que les baigneurs soulevaient au passage, ni même cette raquette de badminton ayant atterri – l'impudique – entre les cuisses de l'une d'elles et qu'un timide noiraud, après quelques hésitations, alla récupérer.

«Chouette ce coin, non?» conclut Reagan d'une voix puissante afin que les trois grâces l'entendissent. Mais il n'y eut aucune réaction, pas un battement de cils. Tignasse rejetée en arrière, la plus frêle recevait les caresses du soleil en ondoyant doucement de la tête. Un grain de beauté maculait d'une tache chocolat la commissure de ses lèvres, ce qui les rendait aguichantes. Celle dont le visage était caché portait autour de la taille une ceinture en cuir faite d'une succession de polygones aux motifs abstraits et reliés entre eux par des anneaux de bois. La troisième, coiffée à la Audrey Hepburn, lissait nonchalamment un accroche-coeur.

L'on s'installa enfin sur un espace de deux mètres carrés, le seul endroit libre à proximité des filles. Mes camarades échangèrent des clins d'oeil. Don ricana et ils se mirent ensuite à se déshabiller. Indécis, je me résolus de me dévêtir en dernier, mais lorsque j'aperçus le jeu auquel se livrait Reagan, je me ravisai. Il était torse nu, et taquinait à dessein la fermeture-éclair de sa braguette, la faisant couler de haut en bas avec un sourire narcissique. Au risque de me faire passer pour pudibond, j'adoptai une contenance désinvolte: «T'as un sérieux problème là, dis-donc!». Ma remarque dont je regrettais à présent la niaiserie tomba dans des oreilles sourdes. J'en rougis comme si l'on venait de braquer sur moi un projecteur. N'étais-je pas devenu le point de mire de ma propre conscience? «Imbécile, espèce d'imbécile», me répétai-je, tout courbatu du sentiment de rage qui m'envahissait. J'avais mal au thorax, mal à la nuque, mal aux chevilles. Fier de ce manège – il le traduisait en se raclant la gorge – Reagan ôta son pantalon, exhibant avec non moins d'ostentation ses parties nobles moulées par un slip de bain pourpre, triangle exigu frangé d'un bocage de duvet fauve qui s'estompait au nombril. Don, lui aussi en maillot, proféra gaillardement: «Oh dis donc, sexy en diable!» puis sur un ton qui réfutait l'équivoque il ajouta: «Et maintenant, mon vieux, à l'attaque!»

Comprendrai-je jamais cet humour d'Outre-Atlantique, où certains hommes, prodigues de compliments les uns à l'égard des autres, le sont tout autant envers leurs compagnes? Témoignage de virilité ou plutôt besoin inavoué du mâle de se sentir solidaire?

Pourquoi avais-je accepté de sortir avec eux puisqu'ils ne m'accordaient même pas l'aumône d'une réponse? L'indifférence qu'ils manifestaient à mon égard m'exacerbait. Ah, si j'avais pu prévoir! Mais non, connaissant Don, j'aurais dû m'y attendre un peu. La phobie de rester seul et mon caractère indéfectiblement scrupuleux en étaient les vrais responsables.

«Eh, assez pioncé, m'avait-il dit. Aujourd'hui, on va se baigner!»

La fille à la ceinture éternua.

«À votre santé!» rugirent en chœur mes deux copains. Reagan surenchérit: «Quel est le microbe qui ose importuner une aussi délectable créature?» Il y eut quelques secondes de silence. La réflexion avait-elle porté? Je crus percevoir un soupir, comme de lassitude. À part cela, rien. Nous n'existions toujours pas.

Le blond, décidé à ne point en démordre, poursuivit, misérieux, mi-plaisantin: «Lorsqu'on fait sa troisième année de pharmacie, on doit y connaître quelque chose.»

Sans doute fut-elle surprise car sa bouche se pinça soudain en une moue qui décelait la défiance. C'était un début.

Don enchaîna, passant du coq à l'âne: « À propos, n'oublie pas de faire le plein, Reagan. J'ai pas envie de trotter...» Puis, à l'adresse des trois grâces: «Si ça vous dit, on pourrait vous raccompagner en voiture.» Quand le mot 'Mustang' fut lâché, il y eut un court-circuit, et les traits s'assouplirent. Expression dans laquelle se résumait, avec ce fard presque instinctif, la curiosité féminine. Je tombais de haut, non point à cause de la métamorphose de leur attitude, mais parce que je dus, en mon for intérieur, essuyer une défaite. N'avais-je pas sous-estimé Don?

Fort de sa trouvaille, il enlaça son copain d'un geste admiratif: «On la leur montre ta bagnole?» De lui à elles: «D'accord? Vous ne le regretterez pas! Une merveille de machine, faut l'entendre ronronner!»

Et l'affaire était dans le sac. Suivirent de brèves présentations: Doris, la fille à la ceinture, travaillait dans un salon de beauté; Lynn, qui ne jouait plus à la poupée, était secrétaire; tandis que Ray, la cadette du trio, se préparait à une carrière de mannequin.

Les couples se formèrent tout seuls, ou plus exactement, sans que l'on demandât mon opinion, je me vis attribuer la compagnie de Lynn.

Après une demi-heure d'autoroute, nous nous engageâmes dans un chemin boisé. Je ne me rappelle pas l'endroit, mais ce devait être à l'est du Comté de Nassau. On eut dit qu'il bruinait, gouttes d'or aspergeant les frondaisons comme à travers une saupoudreuse. Parfum sensuel de terre inassouvie qui semblait vouloir insuffler aux arbres, jusqu'à leurs cimes, sa mélancolie.

Si pendant le trajet, les langues ne s'étaient point déliées, celles de Don et de sa partenaire ne cessaient de s'entremêler avidement. Les doigts faisaient des ravages, s'insinuant avec une joviale effronterie dans les béances des vêtements. J'entendis crisser la chemise de Reagan, mais le conducteur, très attentif, ne cédait à aucune velléité, laissant les mains de Doris parcourir sa nuque. Il tressaillait de plaisir, il avait la chair de poule. Le rétroviseur me renvoyait une image de sereine béatitude.

Je me sentis mal à l'aise, étriqué. Était-ce une forme de jalousie ou... d'impuissance?

48

Reagan se gara en bordure d'un sentier que barraient deux troncs encore verts de sève. Le moteur se tut, et comme par concomitance, Lynn et moi exceptés, mes compagnons bondirent à l'attaque. Ils s'agriffèrent l'un à l'autre tels des fauves en chaleur; Doris et le grand blond s'octroyant à eux seuls toute la banquette avant. Ray, à moitié allongée sous Don, m'envoyait dans les côtes de véritables estocades. Ils s'ébattaient avec tant de fougue que bientôt je me retrouvai acculé contre Lynn. Nous n'occupions qu'un chiche quart de siège. Je n'osai regarder ma partenaire en face. Elle râlait en sourdine, et son haleine exhalait une agressive odeur de chlorophylle. À sa place, comment me serais-je comporté? Pauvre fille! Combien devais-je la décevoir! J'étais aussi frustré qu'elle, mais pour une raison qui sans doute dépassait son entendement. Le spectacle des amoureux me hérissait et m'attisait. Je ne supportais pas ces bruits de lappement, plus animalesques que lascifs. Mais je brûlais de les observer. Un léger coup de coude me fit sursauter. Il provenait de Lynn. Transfigurée, dardant sur moi un regard de tigresse famélique. Ses bras coulèrent sur moi et me sanglèrent la poitrine – boucle d'angoisse que je sentais me resserrer puis descendre inexorablement vers le bas du ventre: la crainte de l'émasculation gicla dans mon esprit. J'en fus horrifié. Je n'aurais pas osé t'en parler, Fabio, non pas par honte, mais parce que je ne peux te concevoir comme un être sexué. Tu es et resteras toujours l'ami du coeur, le confident de mes heures tristes, le baume qui apaise les blessures de mon âme.

Je m'imaginais ligoté à cet arbre dont les branches étaient dissimulées par l'encadrement de la vitre. Nu comme lui, pieds et poignets joints, muscles étirés jusqu'à rompre, je suis à la merci d'une douzaine d'Erinyes exécutant une sarabande vertigineuse. Leurs bras se terminent en griffes, en serres acérées. Elles obliquent, frappent de leurs talons ergotés et virevoltent tandis que les mouvements rageurs de leurs ailes fauchent des torsades de poussière qui s'élèvent du sol. L'image est si paradoxale, si parfaitement organisée qu'il semble régi par les lois de l'apesanteur. Carrousel de plumes qui tournoient et changent de direction avec un bruit d'étendards claquant au vent. En collision, s'entregifflant et se récupérant tels des boomerangs. Et comme pour défier un peu plus encore l'ordre démentiel des choses, une couronne d'iris affleure – sans s'y poser – dans son illusoire fusion de pastels, l'empennage de ces déesses de la vengeance. Mais vengeance contre qui? Elles ont toutes le même regard atone, celui dont on ne sait s'il prélude à un charme ou si au contraire, il est en train d'ourdir quelque terrible châtiment.

Je transpire. La peur coule de mon front, dégouline de mes aisselles et sue de ce buisson pubien où couvent et jaillissent les joies les plus éphémères, les plus intenses aussi. Épicentre sismique. Je crois percevoir des murmures étouffés, des murmures qui ruissellent, et pourtant, tout alentour, les bruits m'étourdissent. Ma nudité me déshabille. Agonie de la peau.

Une furie se détache du cercle. Elle se jette à terre et vient vers moi, tandis que la nuée poursuit sa ronde. Elle lève la tête, me fixe de ses yeux de nacre. Je tremble d'excitation. Des pinces rivent mes mâchoires. Mes dents se soudent. La moelle grince à l'intérieur des os. Pareil au cataleptique, assistant à l'étreinte prématurée de la mort. Des bras s'entortillent autour de mes cuisses, anneaux glacés qui s'écartent à l'aine pour se rejoindre ensuite, et enserrer le triangle humide. Frôlement de lèvres. Mes mains se dénouèrent. Je ne l'avais pas voulu. C'était sous la pression de ses ongles que je l'embrassai. Elle les garda plantés dans mes flancs et ne me relâcha que lorsqu'elle fut certaine de son emprise. Lynn devait connaître les raffinements de la torture japonaise. Je sentais ma chair bleuir de douleur, tourner au mauve. Et puis, ce goût de chlorophylle qu'elle m'injectait comme un venin!

La voiture, dans son luxueux capitonnage, étouffait les soupirs, soupirs entrecoupés de râles. À mesure que s'accélérait leur cadence, Lynn se distordait toute entière contre moi, cherchant avec frénésie l'objet de sa convoitise. Je ne sais comment elle y parvint, mais sa paume tout à coup rencontra mon sexe. Lynn, l'Érinye flagelleuse. Maintenant je la reconnaissais. Sans que je ne pusse plus me contrôler, mes doigts escaladèrent des collines, suivirent le mol tracé du vallon, pour ensuite aller s'enfouir dans un jeune taillis couvert de mousse. Et le sol s'entrouvrit en une fente aux parois écumeuses. L'annulaire s'y engaina si profondément, si amoureusement, que je ne sus plus très bien lequel des deux souffrait davantage, lui ou ma virilité. L'un et l'autre suintaient d'un désir à la fois lancinant et complémentaire.

Se lover, s'anéantir, n'exister qu'en eux. Mes sens se brouillèrent. Un roseau à double hampe: voilà ce que j'étais devenu. Je voulais que ces parties de mon corps fusionnassent.

Non, qu'elles s'introduisissent ensemble, ou encore alternativement, dans l'antre sans fond. Au seuil de l'impossible. Déraisonnais-je? L'instinct n'a-t-il point sa propre intelligence, inintelligible à l'esprit? Palper l'intouchable, être le prolongement de la femme, là où le gland se dilate, prêt à...

«Arrête Lynn!» murmurai-je, en vain. Je me pris à maudire cette fille qui se plaisait à m'exciter malgré moi et se refusait sous prétexte de garder intact l'hymen. Étranges principes où le pucelage n'exclut aucunement le plus poussé des pelotages!

Mais qui donc devais-je accuser de toute cette mise en scène? Don, pour ne m'avoir pas dévoilé ses intentions? Reagan dont l'athlétique arrogance me tapait sur le système, et sans qui je ne me serais pas embarqué dans une telle aventure? Non! Moi, surtout moi! N'avais-je point mordu à l'hameçon comme un idiot? Je me jurais de ne plus m'y laisser prendre, lorsque l'inévitable arriva. Éclaboussures, ténèbres se dissipant dans la brume, et puis une longue prostration.

Soir d'hiver

Il est des jours qui s'écartent tellement de la routine, des jours où tant de choses se passent qu'ils semblent n'avoir pas de durée, un peu comme ces aventures oniriques dont on croit sortir indemne.

Une hotte de linge sous le bras, je m'avançai vers la grille du campus lorsque j'entendis quelqu'un m'appeler. Le ton était sirupeux et, me retournant, je me demandai s'il ne s'agissait pas d'une méprise. Pour m'en assurer, je fis un bref tour d'horizon. Deux femmes se tenaient côte à côte sur un banc, derrière le cours de tennis. À part elles et moi, il n'y avait personne dans le jardin.

La moins jeune me salua à grand renfort de gestes, comme si elle me connaissait. Que pouvait-on bien me vouloir? Des plaques de givre couvraient le sol, et je dus faire quelques acrobaties pour les rejoindre. Elles se ressemblaient comme des sœurs et étaient toutes deux emmitouflées dans des vestes à longs poils tirant sur le vert céladon. Celle qui m'avait fait signe portait sur les joues une épaisse couche de crème. Je lui donnais dix à quinze ans de plus qu'à sa cadette.

«Vous avez deux minutes, Hans? Venez vous asseoir près de nous.»

Comment se faisait-il qu'elle connaisse mon prénom? Car moi, je ne les avais jamais vues. La plus âgée me tendit sa main gantée avec une fausse désinvolture, insistant comme si elle s'attendait à ce que je la lui baise. Je me montrai embarrassé et, quelque peu déçue, elle la retira.

«Moi, c'est Louise, et voici Karyn, ma fille.»

Quoi? Sa fille! Mon étonnement lui plut et elle se rengorgea de plaisir. L'adolescente gardait les yeux baissés. Son visage pris une coloration vive, délectable teint de cerise sous cette chevelure couleur de paille. La mère avait des mèches blondes sillonnées de fils d'or.

«Vous êtes né dans la ville de Goethe... d'ascendance noble, je suppose.»

Ma parole, je me trouvais en face d'un détective privé! Je la détrompai, mais cela ne changea rien à son empressement.

«Nous sommes danoises... du Colorado. Vous aimez New York? Quelle horreur! Moi, je préfère l'Ouest, les gens y sont tellement plus sympa. Mais je dois admettre que ça ne vaut pas le raffinement des Européens. Vous avez UNE classe!»

Karyn ne pipait mot. De son air angélique et timide, elle approuvait.

«Que pensez-vous des filles de l'internat?»

«Je n'ai pas encore eu l'occasion de...»

«Tant mieux, car il faut que je vous prévienne, ce sont toutes des dévergondées, des obsédées sexuelles.»

S'il eut fait moins froid, je lui aurais lancé avec un soupçon d'humour... que j'étais misogyne, ou... que je souffrais d'une malformation génitale. Mais comme je n'ai point l'esprit de répartie, elle continuait de radoter.

«Le monde du spectacle? Ah, je peux vous en dire long là-dessus! On m'a confié il y a quelques années plusieurs rôles à Hollywood. Vous auriez vu par hasard?...»

Mais le clou allait suivre:

«Lève la tête, Karyn! Tu n'as pas à en rougir. Hans n'en aura que plus de respect pour toi. Allez, parle, n'aie pas peur!»

Les paupières à demi-closes, le menton caché par le col de sa fourrure, Karyn descella les lèvres:

«Je suis encore vierge.»

Pendant quelques secondes, je flottai comme un canot de sauvetage et, avant qu'il ne sombrât, crevé par un écueil, je me repris, cherchant sur la roche perfide une planche de salut. Je les quittai en invoquant l'excuse de mes examens... Une voix rauque me poursuivit jusqu'à la grille:

«N'oubliez pas le secret de Karyn. Nous vous attendrons, *lieber* Hans.»

Plutôt que d'attendre que je les aborde à nouveau dans le parc du campus, comme elle l'avait annoncé, la mère me tendit un véritable piège. Un après-midi, rentrant des cours, par le métro – ceux-ci se tenaient à l'université, au sud de Manhattan –, je vis Louise, sans sa fille, à l'angle de Flatbush Avenue et DeKalb Avenue, qui faisait les cent pas. Elle devait avoir rendez-vous, pensai-je, avec quelqu'un qui était soit très en retard, soit qui lui avait carrément posé un lapin. Que ne fus-je surpris lorsque, m'apercevant, elle fit un grand signe des deux mains – elle voulait être sûre que je ne la rate pas! Comment aurais-je pu ne pas la voir, étant donné qu'elle s'était postée en plein milieu de mon itinéraire quotidien! Naïf que j'étais! Bien entendu, elle savait exactement quel chemin j'empruntais tous les jours lorsque je revenais à Brooklyn, puisqu'elle m'espionnait – il n'y avait là-dessus plus l'ombre d'un doute: elle ou sa fille, peut-être les deux ensemble, guettaient chacun de mes pas. Cette certitude me mit soudain mal à l'aise.

«Ah, je me faisais du soucis!» s'exclama Louise «Vous en avez pris du temps, cette fois-ci.»

«Je suis resté un peu plus longtemps à la bibliothèque de l'université», répondis-je, me sentant rougir, non pas parce qu'elle osait me faire une remarque indue, mais parce que je me prenais à lui rendre des comptes. Mais qui était-elle pour se substituer à ma mère? Pourtant je ne parvins pas à me ressaisir car, aussitôt, elle poursuivit sur un ton de reproche, mêlé à la panique:

«Il faut absolument que vous veniez chez moi, tout de suite, Karyn est dans tous ses états.»

«Mais», fis-je, quelque peu agacé, «j'ai un travail urgent à compiler pour demain.»

«La santé d'une personne n'est-elle pas plus importante qu'un devoir?» objecta la femme. «Après tout c'est à cause de vous que ma fille se sent si mal.»

Je n'en croyais pas mes oreilles et répétai:

«A cause de moi? Mais il ne s'est jamais rien passé entre nous,» dis-je, la voix rauque.

«C'est bien le problème!» contra Louise, puis, d'un ton doucereux, elle ajouta, «Soyez gentil, elle voudrait vous parler, car depuis deux nuits elle ne parvient pas à fermer l'oeil, et j'ai bien peur qu'elle ne commence une dépression nerveuse.»

Je me vis ainsi embarqué dans une affaire qui, à priori, ne me concernait pas, et malgré ma grande réticence initiale, cette femme réussit à jouer sur ma fibre émotive et je la suivis.

Après avoir traversé trois rues, nous nous trouvâmes devant un vieil immeuble à la façade de briques. Dès l'entrée, je compris qu'il s'agissait d'une résidence petit-bourgeois, car elle était gardée par un *doorman* (concierge). Le sol, dallé, sentait bon la cire. L'ascenseur était encore de ceux pourvus d'une grille métallique. Il ahanait et grinçait de tous ses bois et de ses boulons, mais ces échos étaient paradoxalement rassurants, car on y décelait la qualité des anciennes machines de solide facture. Arrivé au huitième étage, Louise me conduisit au fond du couloir et frappa à la porte trois coups. Quelques secondes plus tard une voix fluette se fit entendre:

«C'est toi, maman?»

«Oui, ma chérie, ouvre,» ordonna la mère, «je suis avec Hans.»

Karyn tourna au moins quatre serrures avant de nous laisser entrer.

«On n'est jamais assez prudent, malgré le brave homme qui surveille en bas!» commenta Louise, «Javier est portoricain, il est très serviable mais parfois tête en l'air, alors, il faut être sur ses gardes, car il y a des viols et des meurtres tous les jours dans cette ville.»

Le *living-room* dans lequel je fus introduit était parsemé de meubles hétéroclites: une commode et un buffet de style mexicain, deux petites tables indiennes en bois de rose sculpté, un fauteuil club et un divan. C'était une pièce de belle dimension, sans être grande, tapissée aux murs de papier peint couleur paille, assez bien éclairée, et elle avait une vue en coin sur les gratte-ciel du bas de Manhattan.

Louise m'invita à prendre place sur le divan qui était recouvert d'un quilt en patchwork aux teintes un peu criardes, dont elle me précisa avoir fait l'acquisition chez une vieille mercière du Maine. Elle fit asseoir sa fille à mon côté, et s'adressa à elle, tandis qu'elle alla s'installer en face de nous dans le fauteuil.

«Dis-lui, ma chérie, ce qui te perturbe et ce pourquoi nous l'avons fait venir.»

La jeune fille balbutia: «Je crois que je suis tombée amoureuse, en fait je ne sais pas vraiment, car c'est la première fois. Je... je»

«Et bien voilà, jeune homme!» lança Louise, d'un ton mi-enjoué, mi-accusateur, «Qu'avez-vous à dire? Car c'est de vous qu'il s'agit, la pauvre petite n'en dort plus.»

Je fus à la fois abasourdi et irrité, mais les mots justes ne sortirent pas de ma bouche:

«Excusez-moi si j'ai pu donner une fausse impression...» commençai-je.

«On ne joue pas avec les sentiments d'une jeune fille pure qui croit encore au véritable amour», m'interrompit Louise, la mâchoire en avant, «ce serait d'une lâcheté impardonnable.»

Puis, tout à coup, alors que je m'apprêtais à répondre, Karyn s'agrippa à mon épaule et éclata en sanglots.

«Vous voyez ce que vous lui avez fait!» rugit la mère, avec la fureur d'une tigresse prête à bondir sur sa proie. Puis, comme si ce sursaut ne s'était jamais produit, elle me dit, sur un ton plus serein: «Consolez-là donc, ça l'apaisera.»

J'aurais voulu me défaire de cette étreinte et me sauver, car cette situation devenait de plus en plus absurde, mais la jeune fille ne me lâchait pas. Et de surcroît je sentais ses ongles s'enfoncer dans mon cou. Pour rendre la position moins inconfortable, je déplaçai doucement le bras de Karyn au niveau des genoux et lui tapotai la main. Mais comme elle continuait de renifler, je sortis un Kleenex de ma poche et le lui tendis. Elle susurra un merci à peine audible et s'essuya le visage.

«À la bonne heure!» dit Louise, affichant à présent un large sourire. «Vous voyez, elle se trouve déjà beaucoup mieux.»

Une autre surprise m'attendait qui m'arracha un soupir d'incrédulité.

«Tu crois que je peux, maman?» murmura Karyn en plissant les yeux.

Louise hocha lentement la tête et sa fille se mit alors à me caresser le haut de la cuisse, d'abord avec des doigts tremblants, puis avec de plus en plus d'assurance.

«Mais qu'est-ce qu'elle fait?» m'exclamai-je en m'adressant à sa mère, sentant soudain battre mes tempes.

«Laissez suivre le cours naturel des choses, Hans», rétorqua Louise, péremptoire. «Ma petite fille n'a jamais connu d'hommes, alors, soyez gentil, ne l'effarouchez pas. Afin de lui éviter une expérience catastrophique de l'amour, je vous ai choisi entre des centaines de garçons, car dès que je vous ai aperçu j'ai su que je pouvais vous faire confiance, Hans – appelez ça l'intuition féminine. Karyn a jeté son dévolu sur vous. Soyez-en flatté, c'est une jeune fille comme vous n'en rencontrerez que très rarement dans votre vie, peut-être même jamais.»

J'eus soudain l'impression de me trouver catapulté au coeur d'une bande dessinée pour adultes, tellement ce que je vivais me paraissait surréaliste. Cette phrase, répétée comme un leitmotiv par des étrangers incrédules, et qui me faisait sourire avec indulgence, car je la trouvais exagérée, traversa cette fois mon esprit avec la violence d'un boomerang: «C'est typique de la folie des Amerloques, ça! Il n'y a que chez eux que ce genre de choses peut arriver.»

Ai-je bien vécu ce qui va suivre ou suis-je parti en claquant la porte?

Louise se leva de son fauteuil et, nous prenant par la main, sa fille et moi, nous introduisit dans sa chambre à coucher.

«C'est un moment important et je me dois de veiller à ce que tout se fasse avec douceur et délicatesse.» fit-elle avec componction. «Dans certaines tribus africaines les rites d'initiation sont un événement sacré dans la vie des jeunes hommes et des jeunes filles. Il est bien dommage que dans nos sociétés avancées ces traditions aient pratiquement disparu. On couche maintenant avec une facilité aberrante, il n'y a plus de respect, ni du corps et encore moins de l'esprit.»

Elle nous expliqua que cela devait se passer chez elle et non dans la chambre de Karyn, pour que la jeune fille soit tout à fait rassurée, car elle était convaincue que son expérience de femme mûre nous serait transmise ainsi naturellement et sans traumatisme.

«Je crois aux vibrations positives,» ajouta-t-elle. «Et ce n'est ici, que dans l'ambiance empreinte de mes objets et de mon odeur, que vous pourrez en bénéficier le plus pleinement.»

À ces mots, m'élançant vers la porte d'entrée, je pris mes jambes à mon cou.

Second semestre

Lundi matin. Première heure. Un pan de ciel immaculé. Bleu profond des altitudes. Dans la salle de classe, il faisait au moins trente degrés.

«Quel four! Eux et leur manie d'ouvrir les radiateurs à bloc.»

Ces détails anodins auraient sombré dans les oubliettes de ma mémoire, si celui que l'on attendait eut été un professeur quelconque. Claquement de porte. Le chahut s'étouffe. Une voix électrisante qui porte si loin qu'elle semble surgir d'outre-tombe. Atmosphère surréaliste. Je me trouve soudain à l'intérieur d'une morgue dont les rideaux translucides laissent pénétrer une lumière fluorescente – effet des vitres embuées – et que surchauffe le souffle de l'assistance, comme si par une sorte de transfert collectif, celle-ci tout à coup eut cessé de vivre, ranimant le cadavre.

D'où venait cette image? Peut-être de l'air bizarre qui le distinguait, tour à tour lointain et d'une acuité déconcertante. Il était entré sans bruit et je ne m'étais aperçu de sa présence qu'au moment où la porte s'était refermée, avec une telle soudaineté que le chambranle, parcouru d'une fissure longitudinale, avait émis un râle d'asthmatique.

Par sa taille, son port altier, par l'impeccable coupe de son costume, il tenait à la fois du diplomate et de l'académicien. Une mèche déteignait sur le reste de la chevelure. Sous un masque, on l'aurait reconnu. Une ligne brisée traversait l'iris de son oeil gauche, donnant l'impression que la moitié gris-clair jouxtant l'autre était le résultat d'une greffe. Cette anomalie lui conférait un je ne sais quoi de machiavélique.

D'emblée, il se présenta: «Je suis natif de Minsk, et pour ceux que cela intéresse, voici mon nom.» Sans le prononcer il l'inscrivit sur le tableau.

On apprit qu'il avait clandestinement quitté l'Union Soviétique – de quelle façon, je l'ignore encore – et qu'après la défaite allemande il s'était réfugié à Stockholm. Il avait obtenu une chaire à l'Université d'Oxford et se trouvait aux Etats-Unis depuis sept ans.

Aucune allusion au régime communiste, aucune amertume envers ses dirigeants. Il mettait même un point d'honneur à évoquer ses origines slaves, les exaltant avec une indifférence feinte dont la subtilité échappait à la plupart d'entre nous.

J'eus un moment d'inattention, et ressentis à la racine des molaires un chatouillement désagréable. Comme lorsque l'on mâche de l'ouate. C'était ma voisine de table, une étudiante au visage émacié, un peu verdâtre, qui limait ses ongles. Elle me rappelait un portrait d'Anne Frank, avec ces poches bleues suspendues aux cils comme des lacs de mélancolie.

Une voix crépita. Feu de salve enflammée. D'instinct je sursautai, me heurtant les coudes à l'angle du pupitre. Je crus d'abord que l'on me visait. Des balles sifflèrent en chassé-croisé au-dessus de mes oreilles. Lorsque je me rendis à l'évidence, je poussai un soupir quasi inaudible, suprêmement lâche. Ces piques verbales étaient destinées à ma voisine.

«Vous n'êtes pas dans un boudoir, Mademoiselle! Si le cours vous ennuie, sortez!»

Elle prit un teint de sel et garda ses doigts entrouverts.

Le professeur nous couva d'un oeil de lynx. Ses yeux se bridèrent et un sourire victorieux lui rétrécit les lèvres – elles formaient une ligne exsangue et parurent soudain atrophiées.

Il procéda ensuite à un quadrillage minutieux de l'auditoire:

«Sachez que je n'ai nulle intention de gaspiller mon énergie. D'ailleurs, s'il reste un tiers de la classe à la fin de l'année, vous pourrez vous estimer heureux... car je vous ferai travailler jusqu'à ce que vos méninges vous défoncent le crâne. Je ne suis ni votre copain, ni votre entraîneur de football. Je vais vous le dire, moi, ce qui vous manque: la discipline. Vous parlez de liberté à tort et à travers. Mais fini ici cette immense foire à laquelle vous êtes habitués!»

Étrange comparaison que celle de la foire! En disant cela, le professeur pensait peut-être avec quelque regret à l'Eldorado disneyen qu'il se figurait trouver dans ce monde du perpétuel, éclectique renouveau.

Fabio, mon doux Fabio, l'histoire qui suit – je ne me souviens plus qui me l'a racontée, un étudiant, une élève proche de ce professeur? Cela ressemble à un cauchemar. Je l'associe douloureusement à la tienne, mais toi, si tu étais parvenu à en réchapper, tu ne te serais certainement pas durci comme lui. Or, certains êtres se vengent de leurs épreuves sur les plus faibles qu'eux.

Minsk, 1915

«Anton, tu entends, on a sonné. Je me demande qui peut venir à une heure pareille.»

L'enfant eut une grimace d'épouvante et ne bougea pas.

Nadia sourit: «Je suis sûre que tu penses à l'histoire de l'autre soir. Mais les ogres n'existent pas, j'ai dit cela parce que tu avais mal récité ta leçon. Vas voir qui est là...»

«Non!» s'exclama Anton résolu.

Sa tante se contenta de hausser les épaules, et après avoir soulevé hâtivement le voilage de la fenêtre – ce pouvait être un maraudeur ou un mauvais plaisant – elle alla ouvrir.

«Ma parole, mais c'est Monsieur l'Instituteur! Entrez, je vous prie.»

L'homme grommela quelques mots. Il avait une mine ténébreuse, bistre comme l'écharpe qu'il portait autour du cou, et l'arcade sourcilière semblait ployer sous les rides de son front prématurément avachi.

«Asseyez-vous, cher Instituteur», dit-elle, le ton jovial.

Et comme il soufflait dans le creux de ses mains, elle s'empressa d'ajouter:

«Vous devez être transi. Je vais mettre le samovar à bouillir. Un peu de thé vous fera du bien. J'ai des brioches au sésame, toutes fraîches de cet après-midi.»

«Non, ne vous dérangez pas Madame. Votre neveu est-il à la maison?»

«Bien sûr», répondit Nadia en se raidissant. Je ne le laisse pas courir les rues et il ne va jamais au lit sans répéter ses leçons...»

«S'il ne s'agissait que de cela!»

«Vous a-t-il manqué de respect, Monsieur?»

«Pis, c'est un instigateur, un révolutionnaire en puissance.»

«Que dites-vous là!»

C'est alors qu'Anton sortit de sa cachette et protesta, écarlate, la bouche cramoisie, comme barbouillée de confiture:

«Ne le crois pas, Tante. C'est la faute à Alexis. Il triche et bavarde, et c'est moi qu'on punit.»

«Petit effronté! Comment oses-tu?» grogna l'homme qui ne put contenir sa surprise.

Nadia se taisait, regardant tantôt son neveu, tantôt l'instituteur, ne sachant lequel disait la vérité. L'enfant, dans une trombe de paroles poursuivit:

«Alexis, Sacha et les autres peuvent tout se permettre. À eux, il ne dit rien parce qu'ils sont riches. Et j'ai répondu que si c'était Dieu qui voulait ces différences, je ne prierais plus.»

«Que vous disais-je? Il prône l'athéisme. Vous l'avez entendu, n'est-ce pas?»

Anton le coupa, sanglotant de rage: «Il se moque de moi et m'appelle oeil de lynx devant tout le monde. À cause de lui, je n'ai pas d'amis. Si on m'attaque, il faut bien que je me défende...»

«Permettez Madame, que je me retire à côté... avec ce garnement.»

Sa voix était devenue suraiguë. Il fulminait et gesticulait à telle enseigne que la tante, prise de panique, acquiesça, allant jusqu'à lui tendre la tapette qu'il avait réclamée.

«Laissez-nous seuls», ordonna-t-il, «même si vous l'entendez se plaindre, afin que je lui administre une correction dont il se rappellera pour un bon bout de temps.»

«Si c'est ce qu'il faut!» murmura la tante, à la fois médusée et prise d'un sentiment nauséeux, car elle se sentait coupable de livrer le garçon aussi lâchement à son instituteur, alors qu'elle n'était pas certaine que son neveu eût menti. Elle aussi se sentait souvent humiliée par la façon dont les riches se comportaient envers elle, tandis qu'elle leur rendait de menus services.

L'homme se fit introduire dans la chambre à coucher d'Anton, une pièce minuscule attenante à la buanderie, et dont la fenêtre n'était pas plus grande qu'un hublot.

L'instituteur ferma le loquet et enjoignit son élève de se plaquer la face contre le mur.

«Gare à toi si tu te retournes, et pas un mot, tu entends!» siffla-t-il. «Sinon tu le regretteras.»

Il ne se passa rien pendant un moment. Cet étrange silence étonna le garçon et il s'en méfia, entendant le battement de son coeur.

Puis, tout à coup, sans l'en avertir, l'instituteur baissa la culotte du garçon avec énergie, livrant ses fesses dénudées au châtiment. Dans l'expectative, Anton eut un frémissement, mais ne se plaignit pas. Quelques secondes passèrent encore sans que rien ne se produisît. Enfin, l'homme se mit à percuter les fesses du garçon avec le fouet que lui avait remis sa tante. Mais à l'encontre de ce qu'Anton attendait, les gestes étaient mesurés et ne lui faisaient pas mal; à peine, sentait-il les claquements de l'objet contre sa chair. Le coeur d'Anton se mit à battre, de plus en plus fort, puis à tout rompre, car il pressentait quelque chose qui allait le marquer bien plus intensément que des coups de fouet, sans toutefois savoir exactement quoi.

D'une voix rauque et presque chantante, comme celle d'un rire étouffé, mais qui se voulait rassurante à la fois, l'instituteur lui souffla à l'oreille: «Reste tranquille, tu auras un tout petit peu mal au début, puis tu sentiras un bien-être. Alors, sois calme et ne dis rien. Tu as compris?»

Anton perçut comme un froissement d'étoffe, puis sans autre préalable, l'homme se plaqua contre lui. Le garçon se mit à grelotter comme si un vent glacial l'eût envahi: soudain, une douleur lancinante lui parcourut les entrailles, et pour ne point crier, il se mordit la lèvre au sang.

«Voilà, voilà, détends-toi,» lui souffla l'instituteur presque affectueusement.

Coups de reins qui le plaquent contre le mur et que perçoit la tante (croyant qu'il s'agit de coups), front contre le mur, il sent la langue de l'instituteur lui caresser le cou. Quelques minutes plus tard, ce dernier s'éloigna du garçon et lui dit: «Tu peux te rhabiller maintenant. Bien sûr, tu garderas cela pour toi», poursuivit-il sur un ton plus sec, comminatoire, qui n'appelait aucune répartie, «si tu ne veux pas mourir de honte et que tes camarades t'excluent entièrement de leur cercle.»

La menace paralysa le garçon, ce fut pourtant moins l'ostracisme auquel il aurait eu à souffrir si jamais il rapportait l'événement, que les trois mots proférés par l'instituteur: 'mourir de honte'. Ces mots, liés au viol en tant que punition, le hanteraient toute sa vie. Et il n'en parla à personne, jamais.

Depuis la salle de couture, Nadia avait cru entendre, tout au début, les plaintes sourdes de son neveu, sanglots couverts par les rires braillards que ponctuait l'écho des claques. Un long silence s'ensuivit, puis des chuchotements. Le temps lui sembla long, même très long, alors que de nouveaux coups de pilon ébranlaient le mur. Elle avait confiance en l'instituteur, il savait ce qu'il faisait et le garçon n'en sortirait que meilleur.

Ils réapparurent enfin. Lançant un regard aussi effrayé qu'équivoque, Anton réajustait ses bretelles en se retournant peureusement vers l'homme qui lui tenait l'épaule d'une main bienveillante.

Le spectacle de Flatbush Avenue, si déprimant d'ordinaire me consola. J'évitai le trottoir qui longeait l'hôpital et empruntai le parc, chétive cage de verdure au milieu de la forêt de pierre. Il me vint une envie folle de gambader. La place était déserte. Soudain, trois individus surgirent d'une entrée latérale: des *beatniks*.

J'avalai de travers et fus saisi d'un hoquet imbécile qui se mit à résonner en moi comme les sarcasmes d'un ventriloque. Entretemps, les autres s'approchaient dangereusement. Ils étaient armés de chaînes de vélo, fouettant l'air avec un bruit de cravache, poussant des sons de taureaux blessés. Ah, je voulais courir! Et bien, hoquet ou non, toute mon intelligence se canalisa vers le sol et je fus littéralement propulsé par mes jambes qui faisaient rebondir la hotte de linge chaque fois que celle-ci essayait de les entraver. Je courus si vite, mais si vite que mes yeux se mirent à larmoyer. Brise-bise, je fendais le vent. J'eus l'impression que ma peau se craquelait, que le gel la clivait de part en part. Enfin la sortie! Je l'avais échappé de justesse. Pantelant, je fonçai au bout de l'interminable rue – *Freedom Road* –, heurtai un panneau, lequel me projeta contre une mémère large et pointue comme un arbre de Noël, qui trottinait péniblement, croulant presque sous une pile de paquets. Mezzo alto, elle vociféra un chapelet d'injures avec une puissance digne de la Callas.

«*Sorry, sorry*», lui criai-je en vain. C'est alors que je perdis mon sens de l'orientation, faisant trois fois le tour d'un pâté d'immeubles. Et plus je tournais, plus les images que je venais de vivre se brouillaient. Trois éphèbes chuchotant sur une banquette, trois regards de cupidons. Karyn battant le pavé et repoussant une mère suppliante d'un geste vulgaire. Karyn racolant le premier venu, puis l'invectivant pour une question de sous: "Mauviette, espèce de minus, fous le camp!"

Enfin. Dans un coin, le plus tranquille du monde, à l'ombre d'un saule pleureur, une grosse matrone rougissant d'écume, enchaînée de toute part, hennissant – jument piaffeuse qui ronge son mors et donnerait des coups de sabots à quiconque l'approcherait.

«Ton linge. Nom de Dieu, Hans!»

Ah oui, ce linge dont mes bras tout à coup se ressouvenaient, et qui semblait maintenant peser une tonne, le poids de la vengeance de l'oubli. Je m'étais égaré, mais la hotte, semblant aimantée comme l'aiguille d'une boussole, retrouva son chemin, et bientôt nous arrivâmes à destination. Une petite enseigne résillait comme un insecte aux yeux multiples, les clignant l'un après l'autre avec un plaisir espiègle. Soulignés de caractères chinois, ils parcouraient sans cesse les mêmes lettres, les estropiant à l'envi, éborgnant tantôt le 'h', tantôt le 'n': '*Tchang Tse's Laundry*', déchiffrait-on avec un peu de patience. Du genou, je poussai mon baluchon qui, à son tour poussa la porte, laquelle, visiblement contrariée, fit un dring-dring on ne peut plus grincheux. Elle continua de manifester sa mauvaise humeur, pendant qu'elle me livrait passage, et pour lui donner le coup de grâce, je la recoinçai dans son chambranle. Quelques secondes s'écoulèrent, assez pour m'emplir les narines de cette odeur de repassage chaud – odeur pimentée d'un fumet de canard laqué.

De son pas fantomatique, le vieux teinturier se coula derrière le comptoir – il portait toujours des mules, et si dans l'attente on gardait le dos tourné, il fallait qu'il toussotât pour signaler sa présence. Chaussant un binocle qu'il avait dû ramener de l'Empire Céleste, il ne haussait jamais le regard. Et je ne sais pourquoi, courbé, menu, cassé comme il l'était, en dépit de son aspect immatériel, il me faisait penser à un accent circonflexe, à une chose abstraite plus qu'à un être vivant. D'ailleurs il ne parlait pas. Il mâchonnait des bribes de vocables, retroussant sa lèvre supérieure de même qu'un animal déçu par une fausse alerte et qui a hâte de réintégrer son gîte. Avec un peu de lenteur, je m'accoutumai à ses «chmiss», «patlon», «amido», «pouloff», et compagnie. Notre conversation se résumait au strict minimum et j'appris à ne pas insister, préparant une liste à l'avance afin d'être le plus expéditif possible. De son travail, je n'avais pas à me plaindre: jamais de taches laissées sur les vêtements, de boutons manquants ou d'erreur de comptes. Cela compensait un peu la sécheresse de nos rapports.

Une femme soudain apparut d'entre le rideau de bandelettes qui séparait la boutique des autres pièces. Froissement soyeux, à peine audible, émergeant d'un nuage de vapeur. Je ne pus la dévisager que lorsqu'elle se fut soustraite à l'obscurité du fond et eut rejoint le propriétaire. Jeune fille ou jeune femme? Il m'était difficile de le préciser. Elle prononça quelques mots à voix basse, mais sur un ton de rage contenue. L'homme leva alors la tête et me permit de découvrir des yeux roublards sous le paravent des paupières. Une brève altercation – du moins, ce que j'en saisis d'après les grimaces du vieux, de sa moue dégoûtée. Mais sans éclats. Ils se croisèrent. Leste et redevenu muet, le teinturier-fantôme s'évapora, léguant sa place à celle qui l'avait troublé dans ses esprits.

Je ne me sentis nullement abandonné – les génies vous rendent visite et puis s'en vont – un sourire m'accueillait, mi-contraint, mi-confondu, avec une fossette qui, elle, ne trompait pas, exquise comme le fond nacré d'un coquillage brillant sous l'onde.

CE JOUR INCROYABLE, À CERTAINS MOMENTS CAUCHEMARDESQUE, S'ACHÈVE SUR LE PRÉLUDE NON MOINS IRRÉEL D'UNE FABLE.

Devant moi se joue la symphonie électrique de cette métropole qu'aucun superlatif ne peut décrire. Vertigineux, hallucinant, pâles, beaucoup trop pâles, désuets. J'essaie et fouille encore mon imagination. Ville-rucher. *City of Transience.* Manhattan-nocturne. Mosaïque new-yorkaise. Mais l'on s'y noierait. Jusqu'ici je l'avais haïe, rien ne m'attirait en elle. Ses obélisques pointés vers le firmament, à la base de quoi nous ne sommes que grains de poussière, ces tours presque toutes pareilles, qui rivalisent de hauteur pour mieux pouvoir écorcher l'azur, et nous, toujours plus asservis, mouchetures d'ombre constamment charriées par des courants de pénombre. Les sautes d'humeur de ses ahurissantes couleurs et tout cet éventail de gris, camaïeu de noir et blanc – du noir fuligineux au noir d'ivoire, de l'ardoise au gris-bleu, en épuisant la gamme entière des beiges, teintes bis, teintes sépia – flétrissures du temps. Ce temps qui fuit et que l'on s'échine à vouloir rattraper, ce temps dont on n'entend plus l'écho railleur tant il résonne en nous, cancéreux, assourdissant. Et voilà que s'effondre le mythe de la laideur! En un tournemain. La même main qui actionne le cordon de velours, faisant se joindre les bandelettes – celle qui m'avait quelques heures plus tôt griffonné un reçu avec la liste de mon linge.

Nous sommes coupés de l'extérieur et il y avait très longtemps que cela ne m'était pas arrivé. Une ambiance chaude règne dans ce studio-perchoir, chaude et métissée comme mon hôtesse.

Parcimonie de meubles: un guéridon en bois marqueté, un bahut cantonnais avec pour motif des roseaux entre lesquels on aperçoit deux rameurs sur une frêle embarcation, et qui sert de bar. La bibliothèque en acajou, pleine de livres d'art. Les cloisons sont couvertes de tapisseries mexicaines. Au-dessus du divan est suspendu un bas-relief représentant des guerriers toltèques. Point de chaises. Pas un seul bibelot, excepté les abats-jours jumeaux à toile rêche – lumière diffuse, atmosphère aux tons safranés. Et, jonchant la moquette havane, une douzaine de coussins, tous tissés de la même façon, plutôt ternes, mais de facture artisanale. Insolite mariage de styles où il aurait suffit d'un de ces bouddhas adipeux, d'une grimaçante statuette de jade pour briser l'harmonie, et créer une note discordante. Les pièces sont-elles authentiques? Quelle importance!

M'étais-je demandé, lorsque, visitant une brocante un samedi après-midi, je priai ma mère de m'offrir le joueur de tam-tam qu'une gosse en haillons nous tendait; l'origine de sa sculpture? Je l'aimais, et seul comptait alors le plaisir de la posséder, de promener mes doigts sur sa face polie. Ce qui est beau doit-il nécessairement avoir une origine?

Ici, tout respire la sérénité. J'écoute Feyen (que l'on prononce 'Fèyenne', comme 'Cheyenne' ou 'sirène') avec une sorte de jouissance fiévreuse car d'elle je ne connais que le père, cette ébauche d'homme dont la simple pensée me donne froid au dos. Elle n'a pas ses traits et paraît plutôt grande, ou est-ce le fait de sa tunique? Elle parle de lui avec une déférence voilée de rancoeur, l'appelant *the old man*, jamais *father*, comme si cette paternité ne la concernait pas, qu'elle s'efforçait de la renier, sans y parvenir.

«J'avais à peine six ans lorsque nous quittâmes Taxco tous les deux. C'était peu après la mort de maman. Elle ressemblait à une madone indienne et ne parlait presque jamais. Je ne me souviens plus dans quelle langue elle s'adressait à nous, tant sa voix était basse. Je ne sais s'ils s'aimaient. Et pourtant elle me manque terriblement!»

Un rire en saccades, puis: «Viens voir mon coin d'atelier. C'est mon royaume.»

Des peintures à l'huile éparpillées à même le sol, d'autres empilées contre les murs. Orgies de couleurs, violence des tons. Je les passe en revue et souffle de temps à autre sur le bord d'une toile. Elle ne me demande pas comment je les trouve. Heureusement, cela me gênerait. Je dois m'habituer à ces tableaux où s'affrontent la morbidesse de touches impressionnistes et les éclats de rouge-corail, de jonquilles, de bleu-saphir – traits lancinants. Et tout derrière, orphelines mis à l'écart, plusieurs esquisses. Singulières études de nus aux évocations les plus hétéroclites: Léonard de Vinci, cubisme, Orozco, art Nègre. Il y a un dessin de couple, tellement 'fusionné' que leurs corps sont transpercés des membres de l'autre.

Elle m'emmène dans une annexe baignée de lumière artificielle – crue ou blafarde selon l'intensité. On est à mille lieues du fouillis des tubes de gouache, des boîtes d'aquarelle, des pinceaux encroûtés, de ces suintants vernis à l'odeur capiteuse. Ici, l'ordre domine, géométrique, frais, impersonnel. Je vais vers la planche à dessin et examine un croquis inachevé, de ceux que l'on repère dans les brochures féminines. Quelques illustrations de mode reposent sur un classeur à tiroirs, méticuleusement rangées. Des diagrammes, un bloc de papier calque, une règle triangulaire, en somme, tout cet attirail d'instruments – fusains, gommes, crayons graphites – dont je devine l'usage.

Pour se justifier, elle soupire: «Nous ne disposons d'aucun autre moyen pour survivre.»

Par intermittence, on croirait qu'elle monologue:

«Le vieux ne s'en remet pas. Il croit que je l'ai abandonné. Il chante partout mon INGRATITUDE. Il est épouvanté par l'idée que je puisse me marier en dehors du 'clan' l'épouvante. Un CLAN! Le sien! Je n'ai rien à voir avec eux. Il oublie qu'il a partagé sept ans de sa vie auprès d'une étrangère. D'une femme que je ne suis même pas sûre qu'il l'a épousée. Jamais il ne soulève la question. Sans doute a-t-il honte de moi. Honte aussi de sa femme 'illégitime'! Et il voudrait que je fasse amende honorable. Ça le ronge que j'habite seule, pire encore, que j'ai pu adopter les coutumes de la société américaine. Pourquoi donc n'est-il pas resté chez lui? C'est vrai, depuis Mao, le métier de pousse-pousse a été aboli. J'exagère, il ne mérite pas tant de dérision. Tu penseras peut-être que je suis dure à son égard. Il a trimé depuis que ses parents l'ont vendu à un propriétaire de carrioles. Cela, je l'ai su par mon oncle, car LUI, n'avouera pas. Il est trop fier. Maintenant encore, il trime, se lève à des heures impossibles. Et pour quoi? Je lui reproche une chose surtout: de ne jamais avoir su se départir de cette mentalité de coolie, gaspillant ses années à s'acquitter de dettes... dettes de reconnaissance. Mais envers qui, bon sang? Comme s'il usurpait l'air qu'il respire. Maintes fois j'ai tenté de le dépeindre, de le fixer sur le canevas, mais l'inspiration me porte à la dérive et il me semble que des forces stérilisantes se réunissent en elle. N'empêche, lorsque je songe à lui devant le chevalet, les lignes se mettent à vaciller, à la manière d'un sismographe. Ce sont ses propres rides qui l'emprisonnent, le quadrillent de la tête aux genoux. Et il marche, sans répit, telle une cage ambulante.»

«Je t'ennuie, hein! Et dire qu'hier nous ne savions rien l'un de l'autre.»

Je hausse les épaules. Elle saisit la timidité de mon geste et me rassure:

«Le hasard s'est montré généreux envers nous!»

Feyen parlait beaucoup, mais peu de ses amis. D'Eric je savais qu'il l'avait aimée sans espoir. Il était venu à l'improviste. Son air hagard me fit hésiter lorsque, sachant que je devais rentrer, il offrit de me reconduire.

Grand, brun, il portait un col roulé sous une vieille veste de velours. Je crus d'abord qu'il m'en voulait d'avoir en un sens pris sa place. Je fus détrompé:

«Viens, je t'emmène chez moi.»

Dans sa mansarde se tenait un *happening*. Silence recueilli, déchiré tout à coup par un tonitruant:

«Vive Eric! Vive le sculpteur le plus fou d'Amérique!»

Aucune réaction. Des rubans de fumée s'élevaient du groupe assis à terre. Trois hommes à genoux psalmodiaient au pied du divan sur lequel une fille se trouvait affalée. Vêtue d'une tunique qui lui moulait les hanches, les bras en corbeille, elle récitait... Prière ou poème ésotérique? Ses cheveux noirs torsadés avaient sur la gorge le lustre d'une couleuvre. La lumière laiteuse de l'applique lui donnait un teint de métal mat qui lui ôtait toute humanité. Elle joignit ses mains puis se tut, le regard toujours rivé au plafond. Une larme s'échappa du coin de l'oeil, larme de mercure sur ce visage impassible. J'eus envie de connaître son goût, de savoir si la toucher me contaminerait. Une force me plaqua au sol et, imitant Eric, je m'agenouillai.

L'intuition m'offusqua la vue, un écran s'alluma, criblé de signes – lettres de l'alphabet inversées dans une fresque de mots:

Ailleurs est mon nom, l'ubiquité mon horizon.

Je suis couleur de l'âme,

Bleue en cet instant comme le monde à son éveil,

Rosier sauvage poussant entre les débris d'une épave.

Colombe dans l'orage portant un rameau desséché.

Gris espoir, écharpe de brume par la lucarne de ta prison,

Jardin épanouissant les fleurs vénéneuses de tes obsessions.

Je suis ce que tu cherches d'avant ta naissance,

La feuille et l'arbre, l'hiver et le printemps,

Soleil froid, soleil brûlant,

Gardienne de ta mémoire millénaire.

Toujours ailleurs mais aussi en toi, ce corps qui te fait peur,

Corps d'emprunt pour une vie ravageuse.

Et lorsque tu seras consumé, là encore, je te verrai,

Lumière pour des yeux morts.

Un à un les mots se détachèrent. Je les sentis rouler sous ma nuque, me creuser les reins, m'envahir, jusqu'à ce que, pantelant, je fusse étendu sur le tapis. L'angoisse me frôla, mais ils la chassèrent. Bientôt je ne vis plus qu'une armée de doigts m'assiégeant. Doigts rugueux, avides et impudents.

En rentrant, après des heures d'errance, je tendis à Feyen une bouteille de rosé californien. Sa joue effleura la mienne – papillon dispersant quelques grains de pollen. Je humai ce parfum un long moment, sans pouvoir reconnaître la fleur qui l'avait secrété.

Nous mangeâmes à la lueur de deux chandelles, accroupis sur des coussins. Je n'appréciais pas beaucoup cette position. Mes membres inférieurs se sentaient délaissés, cotonneux, s'ankylosant. Mais j'étais au CIEL. TOUT me plaisait. Le calme de cette intimité jusqu'alors inconnue. La présentation des mets. Leur saveur légèrement piquante. Les fous-rires que provoquait ma maladresse à manier les baguettes... Et ce thé, à l'exquise fragrance, que je buvais avec du sucre... aussi inconvenant que de 'couper' du vin!

Je terminai par une galette au massepain. Après avoir discrètement recraché dans mon bol le litchi qu'elle m'avait offert. Aussitôt, des réminiscences de goût vinrent heurter mon palais. Goût de mon INDOLENFANCE: cette première et merveilleuse sole que *Mutti* avait cuisinée, après tant d'années de restrictions, accompagnée d'une purée de pomme de terre à la chaude couleur de l'ivoire, fumet délicat qui me flattait tant les narines et dont je laissais fondre la chair dans ma bouche en fermant les yeux, puis, au dessert, elle me présenta des losanges au massepain qu'elle avait elle-même préparés, et pour finir, ces fruits, fruits rares et juteux, fruits exotiques autrefois inaccessibles aux gens de notre condition, que nous étions allé choisir au marché – une mangue aux belles teintes rouge et orangé, deux kiwis d'un vert profond, et cette banane, si parfumée, qu'à l'instant où je l'épluchai et mordis dedans je me sentis imprégné d'une senteur luxueuse comme celle qui émane de ces dames élégantes, vêtues de fourrures, à la sortie du théâtre – et que j'avalai de travers, suffocant à cause de ma gloutonnerie, mais savourant quand même, jouissant de ces mélanges de sucs et d'arômes. Ce repas était son cadeau d'anniversaire, qui me fit oublier les *ersatz* de la guerre.

Une musique envoûtante filtrait depuis la bibliothèque, se propageant le long des murs comme une sarabande d'invisibles solistes. C'était tantôt la vibration d'une corde de guitare ou les bruissements argentins que distillaient les harpes, tantôt encore, l'appel séculaire de deux flûtes isolées.

Étendue sur le sofa, rêveuse, intuitive, elle se faisait l'écho de mes voix intérieures – brûlures lascives – traduisant comme par incantations ces mots aux sonorités merveilleusement latines. MARIMBA... des flocons brillaient et pourtant je n'avais pas froid. NIEVE VIENTO Y SOL... quelqu'un me répondit du fond de la plaine. UMACHA DE PASTOREO... CONCIERTO EN LA LLANURA... j'eus une épine au coeur, parce que la HUERFANA entonnait sa complainte. Mon sang bouillonna, devint anarchique: INDIOS GUERRILLEROS... des talons claquèrent... CASTANEANDO, JOROTEANDO. Et je fus entraîné dans l'enfer allègre du CARNAVAL DEL DIABLO. Brusquement, je me retrouvai seul. Inattendue, rassérénante solitude... PEREGRINO SOY, et je poursuivais mon chemin, guidé par un ramage d'une limpidité à faire frémir... EL REY DE LOS PAJAROS, lequel me plongea dans l'extrême, lénifiant SUEÑO LARENSE. Et pour conclure ce magnifique intermezzo hispano-américain, il y eut GRACIAS A LA VIDA, chanson d'un compositeur chilien, qui me traversa le coeur au point où je dus réprimer des larmes.

Une bougie s'évertuait à jouer les polichinelles, étirant sa flamme à travers la carafe en smalt, façonnant des masques oblongs qui ondoyaient sans retenue, passant de la liesse mordorée au cri sourd de l'épouvante – le spectre d'Edvard Munch n'avait pas le temps de transparaître que déjà il s'évanouissait. Connivence de l'alcool et du feu. Côtoiements élastiques. Jeux hermétiques.

« Hans, *querido*, verse-moi un peu de *sangria*!»

J'emplis nos deux coupes et allai m'asseoir au pied du divan. Elle sirotait l'élixir avec un culte presque religieux. Je lui ôtai son verre, à peine entamé, le plaçant près du mien à côté de la bougie, laquelle, inextinguible, variait sa pantomime. Feyen me susurra quelque chose, mais les flûtes indiennes m'accaparaient toujours et d'instinct, je posai ma tête dans l'alcôve de sa hanche. Des doigts effilés parcouraient ma chevelure, s'insinuant entre boucles et raies, là où personne, ni moi-même, n'avait pu s'introduire. Je sentis la pression de ses ongles. «Encore, encore» suppliaient mes lèvres scellées. Elles restaient lettre morte, et eux, continuaient d'explorer, espiègles séducteurs, les plus intimes recoins de ma TERRA INCOGNITA. Progressivement, ils atteignirent le buisson ardent. Je n'opposai aucune résistance. Ils me rendaient fou, ou était-ce la torture de mon inaction que je ne pouvais supporter. À mon insu, et après s'être pudiquement égarée sous un pli de chemise, Feyen avait desserré ma ceinture de deux crans. Oui, à mon insu, car lorsqu'elle promena sa main dans mes cheveux, je devais être encore hypnotisé par la musique, noyé dans la magie des sons. Cela se passa après l'éclair de seconde où la partie la plus sensible de mon corps succombait à ses attouchements. Soudain, tel l'anesthésié qui se relève de sa torpeur, je recouvrai ce que l'ouïe avait tû. Aucune transition. Réveil brutal. Lucidité qui éclaboussait et faisait mal. Je commençai à trouver le guitariste indiscret, envahissant. J'exigeai de Feyen qu'elle baisse le volume. Elle me scruta un instant – j'eus peur, très peur de l'avoir offensée. À ma surprise, elle obéit et vint s'asseoir près de moi, crinière de jais se confondant par graduations avec sa silhouette, sur la couverture en poil de lama. Nous nous dévêtîmes. C'était doux, c'était long, c'était... presque aussi pénible que d'ôter la peau d'une jeune pêche –... comme à un fruit dont le mûrissement a été retardé. Malgré les caresses, malgré ses manières audacieusement prévenantes, je fus pris d'un vague malaise. À peine mon sexe eut-il disjoint l'humide cloison de chair – ruisseau camouflé sous la mousse – chavirant du plaisir irrépressible à l'impérieux et mâle désir de ravage, que Feyen m'égratigna la taille, dans un sursaut d'effarouchement.

Ainsi, m'octroyait-elle la primeur de sa moisson, alors que d'autres hommes avant moi l'avaient certainement convoitée. Pourquoi donc ce privilège à l'adolescent gauche et tardif que j'étais, se sentant chaque jour un peu plus amoindri à mesure qu'il s'engluait dans l'indifférence de la pieuvre new-yorkaise? J'écarquillai les yeux. Un voile flottait à travers mes cils. On eut dit une membrane jaspée, un collage d'ailes transparentes, si fragiles, qu'elles ne pouvaient appartenir qu'à ces papillons nocturnes qui peuplaient tant de mes nuits estivales. Ces papillons noirs qui, à l'annonce de l'orage, venaient crépiter sur ma lampe de chevet, attirées comme par un aimant. Et afin d'anéantir le spectacle macabre qui allait suivre, je décoiffai l'ampoule de son diadème fleurdelisé. Elles la couvraient alors de leurs ébats, s'y agglutinant avec fougue, sorte de rage suicidaire, jusqu'à ce que leurs pattes se fussent grillées, se plaquant contre la surface glabre et incandescente, crépitant de concert, exhalant une forte odeur de roussi. Le bal terminé, l'hécatombe consumée, je fixais, maussade, ce qui restait de la lampe et me hâtais d'oblitérer la répugnante vision. Oblitérée et non éteinte car, lorsqu'à nouveau plongé dans le noir, je tentais de la bannir de mon esprit, elle réapparaissait sous la forme d'une poire blettie. Enveloppée de minces et friables carcasses. Image hallucinante de la mort prise au jeu.

Feyen se détendit. Elle laissa pendre son bras dans le vide, sur le bord du divan. Je perçus cet appel velléitaire, à la fois sollicitude et prière, et à mon tour, indolent, je le ramenai en lieu sûr. Nos doigts s'entrelacèrent comme des valves scintillantes. Adhérence puis fusion. Elle se blottissait contre ma poitrine, et quelque chose se produisit en moi, cristallisant ce passé insaisissable dont aujourd'hui encore je ne parviens à me démunir, ce passé qui malgré l'écoulement des années ne se veut en aucune façon révolu. Le temps souverain s'ingénie à gommer angles et contours, mais des empreintes lui échappent qui recèlent tant d'armes meurtrières, d'objets insignifiants, de chefs-d'oeuvres irrécupérables. Réminiscences et non plus souvenirs. Ou l'un et l'autre, que des sensations inopinément déclenchent, bouleversent, entremêlent.

Une même tendresse nous liait tous les deux. Bruissant mais ne se faisant pas entendre, tantôt indécise, tantôt enjouée, comme le faon qui gambade, tombe et se relève. Nous communiions, mais notre langage n'était pas celui des adultes. Nos corps, eux, savouraient leur indépendance, le masculin s'unissant au féminin. L'enfant de Taxco avait trouvé le lien qui lui manquait, le garçon, marqué par la guerre, respirait l'ineffable parfum de la féminité. Orphelins découvrant l'aube à son premier matin.

Lorsque j'eus conscience du miracle qui venait de s'accomplir, je fus ébranlé. Nous vibrions au plus profond de nos fibres, ivresse ne pouvant succéder qu'à la joie rétrospective.

Un chant s'éleva. Retentirent les cuivres. Sacre de la genèse. Accord d'une beauté déchirante, lacérations assourdissantes. Mes tympans éclatèrent comme si d'un coup l'on avait scindé la terre en deux.

Mon idylle avec Feyen ne dura pas plus de quelques jours, car son père, s'en étant aperçu, entra dans une colère monumentale. Lui qui encore naguère avait l'apparence d'un fantôme se métamorphosa en un démon, hurlant et s'égosillant à faire trembler tout le quartier. Je l'entendis à l'approche de sa boutique, car il m'avait reconnu, et je rebroussai chemin, car je compris que je n'étais plus le bienvenu, même comme client.

J'appris par la suite, grâce à une copine de Feyen fréquentant ma classe, que mon amour – mon tout premier amour – avait été expédié sur la côte pacifique des États-Unis, et qu'elle allait désormais habiter dans la famille de son oncle à San Francisco.

Je quittai moi aussi Brooklyn pour effacer ce douloureux épisode et passai la dernière année de mon cursus dans un petit studio donnant sur Abingdon Square, au coeur de Greenwich Village. C'est ainsi que je m'insérai dans un monde totalement différent, pour moi exotique, celui de la bohème new-yorkaise.

Lors d'une de ces soirées un peu folles où l'on fumait de l'herbe et où chacun se la passait de bouche en bouche, je fus présenté à Isabel. Aussitôt qu'elle me vit, cette jolie rousse jeta son dévolu sur moi. D'abord j'en fus flatté, mais bientôt cette relation commença à me peser, car elle ne voulait plus me lâcher d'une semelle.

Plusieurs fois, pour m'arracher à son emprise, je prétextai quelque chose, soit que je ne me sentais pas bien, soit que j'avais un autre rendez-vous. Une nuit, alors qu'elle était éméchée, elle frappa à ma porte. Elle avait ameuté mes voisins de palier. Je dus nous excuser et la fis entrer. Après lui avoir offert un verre d'eau, je lui demandai de rentrer chez elle car il était tard et j'avais un important examen le lendemain. J'essayai de la raisonner, mais pour toute réponse, elle me dit qu'elle voulait dormir avec moi et faire l'amour. Je ne sais pas ce qui me prit alors, mais je lui répondis:

«On ne peut plus continuer ensemble, je suis... je crois que je suis devenu homosexuel.»

Elle me regarda, atterrée, prononça le mot 'salaud', et s'en alla.

Je revis Isabel environ un mois après cet incident et nous devînmes bientôt amis. Elle était toujours persuadée que j'aimais les hommes, et je ne la contredis pas, inventant des relations avec quelque garçon imaginaire.

Nous restâmes ainsi en contact, bien après mon retour en Allemagne où après de longues études, j'ouvris un cabinet de psychanalyse. Je m'occupai surtout de jeunes étrangers ayant, entre autres, des difficultés à s'adapter dans un pays qu'ils trouvaient hostile. Isabel m'apprit qu'elle entamait une carrière de comédienne, au théâtre, d'abord, puis au cinéma, et me raconta toutes les difficultés de ce métier, mais aussi ses espoirs.

❧

CHAPITRE TROIS

PONTS ET SOUPIRS

TONY: POURQUOI EST-CE QUE HANS ME DEMANDE-T-IL mon opinion alors qu'il a déjà pris sa décision? Nous devions passer dix jours à Cortina d'Ampezzo. Et au lieu de cela, nous voilà coincés à Venise en plein hiver, alors que la plupart des lieux qui auraient pu m'intéresser sont fermés. C'était son idée à *elle*, quelle poisse! Il est tellement plein d'attentions lorsque nous sommes seuls, mais dès qu'intervient une autre personne, il se comporte avec moi presque comme avec un étranger. «Sois compréhensif», me dit-il, «Isabel va très mal, elle a besoin de moi.» Elle ne me semble pas malade du tout, à part les poches sous ses yeux, mais ça, c'est parce qu'elle boit.

Ce matin, sur l'*Autostrada Serenissima*, venant de Milan, nous nous sommes arrêtés au restaurant Pavesi, et Isabel n'a rien trouvé de mieux que de s'acheter une méga bouteille de *Grappa*, qu'elle a d'ailleurs ouverte sur le champ, collant ses lèvres au goulot.

«Ce feu italien me ranime! Sans lui, je m'écroulerais.» dit-elle. Après avoir avalé quelques rasades, elle devint diserte et aborda son sujet de prédilection: ses rôles de comédienne.

A l'évocation de ses rôles de comédienne, son visage s'éclaire tout d'un coup et s'anime comme un chat sauvage qui vient d'apercevoir une proie. Elle mentionne alors des noms de metteurs en scène dont je n'ai jamais entendu parler, puis soudain, elle s'étire et regarde le ciel comme si elle y cherchait un signe. Elle reste dans cette posture de transe extatique jusqu'à ce que ses yeux se mettent à briller. C'est incroyable comme elle réussit à contenir ses larmes, car on s'attendrait à ce qu'elle explose d'une seconde à l'autre. Avec elle, on n'est jamais sûr si elle ressent les choses ou si elle les feint. Ensuite, elle secoue la tête dans un lent et long mouvement et murmure: «Non, tu ne dois pas!»

Hans insiste sur le fait qu'Isabel n'est pas 'un simple cas clinique', non, il s'agit d'une amie de longue date, pour laquelle il a beaucoup d'affection, et qu'il a connue alors qu'il était étudiant aux États-Unis. Et que n'a-t-il pas ajouté: «Ce sera aussi pour toi une excellente occasion de parfaire ton anglais.» *Un cazzo!* elle me prive de mes vacances, voilà la vérité. «Sois patient!» poursuit Hans, «lorsqu'elle ira mieux, nous irons à la montagne comme promis.» *Pazienza*, tu parles. Une minute elle rit, la suivante elle se griffe la joue puis menace de se jeter dans le canal.

HANS: Qu'aurait-elle fait si je ne l'avais pas rappelée? J'ai discerné cette touche de désespoir dans sa voix et ai agi sans réfléchir à deux fois, écoutant mon intuition.

«Prends le premier avion pour Milan, je t'y rejoindrai.» lui enjoignis-je.

La mine de Tony lorsque je le lui annonçai! D'abord il refusa de m'accompagner à l'aéroport, le gredin. Je n'allais tout de même pas lui céder à chaque fois. Il est vrai, qu'ayant sympathisé avec sa mère dont le mari est parti sans laisser d'adresse, loin de sa patrie, j'ai peut-être été plus coulant avec ce garçon qu'avec mes autres jeunes patients, le considérant presque comme un neveu. Au point d'emmener un patient en vacances quand même... À cela je dois ajouter ce que je nommerais un 'handicap' émotionnel lorsque j'utilise l'italien dans ma profession. Car à Tony, même si celui-ci a été éduqué en allemand, je m'adresse automatiquement dans sa langue maternelle. Cette 'faiblesse' est certainement due au 'Syndrome de Fabio', car dès l'instant où je me mets à parler italien, il se produit quelque chose en moi que je ne puis contrôler, comme si brusquement une carapace se désintégrait, et que mon coeur se mettait à battre à un rythme beaucoup moins effréné.

Mais trêve de bavardage, Tony *caro*, il y a dans la vie des circonstances auxquelles toi aussi tu dois t'adapter. Durant ces deux heures et demie que nous avons roulé sur la *Serenissima* tu n'a pas piper mot. Et avec cette fausse moue d'angelot que tu arborais tout le long, Isabel a cru que tu te taisais par timidité. Ecoute-moi bien, *ragazzo mio* , la 'starlette' américaine, comme tu l'appelles, est l'une des rares femmes pour laquelle j'ai éprouvé une réelle amitié, même si je ne l'aurais pas épousée. Mais ça ce ne sont pas tes affaires.

ISABEL: *Veni etiam* , me revoilà, ô Sérénissime, ville illusoire où je me sens à la fois euphorique et désincarnée.

C'était au début des années soixante, t'en souviens-tu! Lorsque je t'ai rejointe en train, pour la première fois, accompagné de mon père, en provenance de Rome. La nuit tombait et nous venions à peine de quitter la terre ferme, laissant derrière nous la traînée scintillante de Mestre. Je bombardais mon père de questions, mais aucune de ses explications ne m'avait préparée à cette traversée fantasmatique, car j'eus l'impression que nous fendions l'eau. Les images s'entrechoquaient dans mon esprit pour former un patchwork de scènes bibliques: Noé et son Arche, sauvés du déluge, la Mer Rouge s'ouvrant sous les pas de Moïse et du peuple hébreu, passés d'abord, après avoir englouti l'armée de Pharaon après, Jésus-Christ marchant sur la mer de Galilée.

Agrippée à la manche de mon père sur ce *vaporetto* bondé, je plissais les yeux, comme éblouie par une trop forte lumière, tant j'avais du mal à croire ce que je voyais: le Grand Canal, avec sa succession de palais et de bâtisses entourés d'un halo de guipure, devant lesquels se berçaient des vedettes et des hors-bords, avec, en point d'orgue, ces bouquets de gondoles, telles des fleurs noires et irisées, se miroitant au gré des vagues dans des poses fantasmatiques glissant au-dessus de ce *vaporetto* à Piazzale Roma. Je me suis sentie comme dédoublée, avec cette vision de la petite fille ébahie qu'observait cet autre moi, inconnue jusqu'ici, lui décochant un clin d'oeil mi-amusé mi-vindicatif, qui me causa un léger malaise, comparable à une écharde que l'on a du mal à localiser. J'avais l'impression d'être soudain dotée de pouvoirs surnaturels. Grisée par la nouveauté et la violence de ces sensations, je me pris à invoquer le diable, à l'instar de Faust, mais sans demander de contrepartie, afin qu'il nous fasse chavirer. À l'approche du Môle, un frisson me parcourut l'échine: drapé d'une brume évanescente, apparut le Palais des Doges. Ce n'est que lorsque nous foulâmes du pied la Piazza San Marco que je pris conscience de son austère splendeur, me sentant tout à coup étrangement apaisée, car il y avait dans cette immense façade tapissée de motifs géométriques aux teintes délavées, comme une bienveillance venue du fond des âges. Puis, revenant à moi – mon double, si gênant naguère, m'avait quittée –, je me mis à courir, comme attirée par un aimant, vers le centre de la Piazza et défiai la basilique avec des gesticulations de sauvageonne, car devant une telle magnificence que rien ne peut sublimer, ou vous restez coite et subjuguée, ou alors vous vous mesurez effrontément avec cette merveille animée par les mille joyaux qui l'ornent, et qui trône devant la multitude, dans un silence impérial, telle une gigantesque tiare qu'une armée de brigands aurait subtilisée à la caverne d'Ali Baba, la déposant sur cette place pour l'éternité, ou jusqu'à ce qu'un jour la mer la recouvre entièrement de ses flots.

Seul Hans qui me connaît si bien peut comprendre mon empressement quelque peu infantile, sans en être ni surpris ni choqué, d'autant plus qu'il m'avait raconté cette histoire étonnante et tragique qui lui était arrivée pendant la guerre. Il s'agissait d'un petit garçon juif, originaire de Venise, justement, que cachait son oncle dans leur mansarde, afin de le protéger. Il l'avait vu quelques fois, et s'était immédiatement pris d'amitié pour lui. Mais un jour, l'oncle, appelé au front, était parti avec l'enfant et lui laissa un mot. Ce dernier, qui s'appelait Fabio, ne rentra jamais en Italie. Il est certainement mort dans des circonstances atroces, comme tous les autres Juifs, assassinés par les nazis. Le souvenir que ce garçon a laissé était si fort, que Hans s'était promis d'apprendre l'italien et de devenir psychanalyste. Il parle d'ailleurs parfaitement la langue, à tel point qu'on pourrait croire qu'il est né ici.

HANS: Malgré les rides et sa dépression, elle parvient encore à s'enthousiasmer, se laissant aller, telle une enfant devant un spectacle de magie. Le feu de ses prunelles et cette abondante chevelure aux reflets chatoyants qu'autrefois j'avais tant aimé caresser me rendent soudain nostalgique. Dommage que cela n'ait pas marché entre nous. Mais nous étions alors tous les deux un peu trop fougueux et surtout trop impatients.

J'ai dû mentir à Tony à propos de la santé d'Isabel, car, autrement, il ne m'aurait pas laissé tranquille. Il reste muet comme une carpe, ce qui ne lui ressemble pas du tout, le chenapan. Isabel doit se demander s'il n'est pas un peu simplet, car timide, il ne l'est pas et n'en a d'ailleurs pas l'air. Je lui ai expliqué qu'il avait eu une enfance difficile en Allemagne et qu'il avait fugué plusieurs fois avant que je ne m'occupe de lui.

Lorsque j'ai demandé à Tony ce qu'il pensait de la suite que je nous avais réservée au Danieli, il s'est contenté de hausser les épaules. *Testardo*!

TONY: *La bella figura*! Qu'est-ce qui lui prend à Hans de se pavaner comme ça! Jamais il ne nous aurait emmenés au Danieli si nous étions seuls lui et moi. Quant à Isabel, elle ne cesse de s'enflammer comme ces *ignoranti* d'Américains qui n'ont rien vu d'autre dans leur vie que des buildings, des cowboys et des champs de coton.

Ah cette Isabel! Si ce n'est pas 'l'extra-or-dinaire' travail du bois sculpté, ce sont les fresques 'inou-ïes' du plafond, ou le 'su-perbe' grand escalier, ou encore les 'fa-bu-leux' chandeliers en cristal de Murano. Et que fait-elle alors? Elle monte le grand escalier d'un bond aérien puis redescend avec des gestes de diva inspirée, sur un pas de valse lente comme si un orchestre jouait dans le hall, pour elle uniquement. Elle prétend avoir rêvé qu'un jour elle habiterait un palais vénitien, mais celui-ci a plutôt l'air d'un musée. Il faut voir la salle à manger, à peine éclairée – moins on voit ce qu'on mange, plus c'est chic, *stronzata*! – et ces immenses miroirs ciselés qui vous permettent de regarder vos voisins en toute discrétion, car il n'y a rien d'autre à faire dans cette ambiance de chambre funéraire. À part nous, seules trois tables sont occupées par quelques vieilles pelées aux cheveux permanentés vert caca d'oie et rose bonbon, que l'on croirait sorties droit d'un musée de cire, le sourire figé, de peur de montrer leurs dents, tant elles ont dû mordre de poussière, accompagnées de leurs tondus de maris habillés en noeud pap' et veste scintillante, eux, assis droits sur leurs chaises comme s'ils y étaient empalés. Quant au *cameriere* qui nous sert, il ferait mieux de quitter ses airs de majordome décadent.

«Si je puis me permettre, étant donné que le *Signorino* n'a pas l'air d'aimer le poisson, je lui suggérerais de prendre un *mixed-grill* de viandes.» La prochaine fois que nous nous rencontrerons dans un corridor, vieux schnock, le *Signorino* te les flanquera dans les *coglioni*, tes suggestions.

ISABEL: Jusqu'à ce matin, Tony avait l'apparence d'un garçon effacé, voire sans personnalité, un peu comme ces jeunes figurants des films de Visconti que le cinéaste plaçait dans le décor pour l'esthétique. Je ne sais pourquoi, mais il me fait penser à Fabio, qui, bien sûr n'était encore qu'un enfant.

Il devait être quatre heures du matin lorsque je suis allée aux toilettes et en sortant, j'ai aperçu la lumière de la salle de bain mitoyenne de notre suite, me demandant qui avait pu la laisser allumée. Au moment où j'allais l'éteindre, j'ai dû réprimer un cri. Tony était étendu dans la baignoire de style baroque, se prélassant, les pieds hors de l'eau, au milieu d'une mousse abondante. Que faisait-il là? Il avait pourtant une belle et grande douche attenante à sa chambre à coucher, pour lui tout seul. La salle de bain, elle, n'était logiquement réservée qu'à Hans et à moi, puisqu'elle séparait nos deux chambres.

«Oh pardon!» murmurai-je, «je n'avais aucune idée que quelqu'un pouvait être là à une heure aussi tardive.»

«Mais tu ne me déranges pas du tout,» répondit-il, sur un ton doucereux. «Ne t'en vas pas tout de suite, je t'en prie.» dit-il, avec un étrange sourire.

C'est alors qu'il se leva, tout dégoulinant, et me révéla sa superbe plastique de jeune éphèbe. En découvrant sa virilité, je portai machinalement ma main à la bouche, car jamais je n'aurais soupçonné que cet adolescent pût être aussi prodigieusement doté par la nature.

Tony me demanda ensuite de lui passer une grande serviette. Il le fit avec un tel abandon et une telle nonchalance que j'en fus presque émue, comme si la requête venait d'un petit garçon tremblant de froid.

«Peux-tu me frotter le dos?» ajouta-t-il, puis, lorsque j'eus fini de le sécher, et, sans me remercier, il prit ma main et la plaqua en éventail sur ses bourses – elles étaient lourdes et fermes comme deux figues sur le point de mûrir. Son sexe, qui, déjà au repos, était impressionnant, se mit à grossir et à s'allonger d'au moins dix centimètres encore, pour s'épanouir dans toute sa splendeur, tels ces sexes faramineux que l'on peut voir, sur demande spéciale, dans les sculptures érotiques du Musée de la Civilisation Romaine à Naples, et, sans préambule, il pointa dans ma direction, avec une audace incroyable, une jeune arrogance mâle que seul le marquis de Sade pouvait se vanter d'avoir pu observer auprès de ses nombreux partenaires au cours de ses orgies légendaires. Avant même de pouvoir lâcher un soupir, j'écarquillai les yeux... il se mit à éjaculer sur ma robe de chambre, giclée après giclée de sperme épais, d'un blanc tendre de beurre fraîchement tranché. Il émit alors un son rauque, tel un rugissement sourd de fauve repus, ses muscles palpitant au rythme des vagues de plaisir qui ne cessaient de déferler de son aine.

Je passai le reste de la nuit à frotter mon déshabillé pour finalement guetter le service d'étage au petit matin afin de leur laisser mon linge sale.

Lorsque je rejoignis les deux hommes au petit-déjeuner, Tony trempait un morceau de pain toasté dans le jaune de son oeuf à la coque. Il me salua de sa manière évasive habituelle, comme si rien ne s'était passé dans la nuit. Est-il à ce point opaque ou serait-il totalement dépourvu d'émotions?

Il a demandé de l'argent à Hans et nous prévint qu'il nous retrouverait vers midi au restaurant La Coppa. Il a l'air de bien connaître la ville.

HANS: Il a déjà repéré les quelques librairies de bandes dessinées de Venise. Et bien sûr, il dépensera tout le fric que je lui ai donné entre ces histoires débiles de super-héros et les arcades de jeux vidéo dans la Strada Nova.

Allez, va t'amuser, va, j'ai besoin de respirer, parce qu'en ce moment tu me tapes sur le système avec ton attitude de sale petit capricieux.

C'est drôle, mais parfois, lorsque j'ai des cas un peu difficiles comme celui de Tony, je pense à Fabio et me dis que s'il était près de moi, je me sentirais apaisé. Il aurait été un merveilleux confident. Où que j'aille, dans quelque circonstance que je me trouve, il semble que Fabio me guette, qu'il me protège. Il est toujours dans mes prières, et je sais qu'il m'écoute.

Isabel paraissait un peu nerveuse ce matin. Elle dit qu'elle n'a pas très bien dormi mais qu'en dépit de cela, elle aimerait visiter un musée ainsi que deux ou trois galeries d'art moderne qu'on lui a conseillées? Malgré sa fatigue, je la trouve très désirable, en vérité, j'ai une folle envie de lui faire l'amour.

ISABEL: Lorsque nous sommes sortis de l'Aile Napoléonienne, Hans m'a tendrement embrassée. Ces Turner flamboyants sont sublimes, mes yeux en sont encore tout empreints. Quelle étrange sensation: il me semble que quoi qu'il m'arrive ici n'a aucune importance, comme si j'étais devenue invulnérable, mais en même temps j'ai les nerfs à fleur de peau, sans pouvoir préciser pourquoi. Venise est une ville confondante, tantôt elle vous échappe, tantôt elle vous pénètre jusqu'à la moelle. Tous vos sens sont exacerbés, se bousculant dans un tohu-bohu infernal, oui, infernal, car vous avez constamment le souffle coupé, vous êtes constamment aux aguets, comme si la prochaine vision sera encore plus forte, encore plus prégnante que la précédente. Même lorsque je me promène le long de ces canaux tranquilles où seul un chat croise votre chemin, le calme se fait oppressant, et se joue de toute sérénité. Je crois alors entendre le pouls à l'intérieur de mes veines, le martèlement de mes artères, comme un écho sinistre venu d'ailleurs. Venise n'est-elle pas cet ailleurs inaccessible? Oui, elle EST cet autre monde, ou, plutôt, elle en est sa projection, car, si face à elle, nous ne sommes que les pauvres habitants d'une planète terriblement fragilisée, et que nous continuons à la saccager, il faudra peu de temps pour que nous la précipitions au fond de la mer, et ce rêve merveilleux, qu'elle nous offre encore, disparaîtra à jamais avec elle.

Mon père m'emmena un jour au Lido pour la baignade. Nous dirigeant vers la plage, nous traversâmes une rue déserte. Il faisait si chaud en cette fin de mois d'août, que l'asphalte à certains endroits commençait à fondre et à marquer une ornière – on aurait dit de la guimauve couleur de jais s'étirant sous vos yeux, ou les entrailles couvertes de cendres d'une bête que le boucher est en train de découper. Il y avait là quelque chose à la fois de fascinant et de hideux qui me fit aussi penser à un taureau ensanglanté que son bel et orgueilleux tortionnaire, magnifiquement vêtu d'ors et de bleu, allait faire céder pour la mise à mort.

Soudain, dans ce silence étouffant, je crus entendre un bruit de sabots, assourdis, suivi d'un tintement de clochettes, si doux, si éthéré, que je me mis à regarder le ciel, portant mes mains en visière, comme pour y déceler des perles de musique que je recevrais comme une rosée bienfaisante. À l'autre bout de la rue apparut bientôt une procession de chevaux – je les comptai, ils étaient six – luxueusement harnachés et couverts d'un beau velours fuchsia; ils arboraient chacun un grand panache argenté. Les chevaux tiraient une sorte de carriole, elle aussi recouverte de velours, tandis qu'un prêtre, portant une chasuble de circonstance, précédait une dizaine de jeunes garçons vêtus de longues toges en satin.

J'aperçus également une bannière d'un mauve éclatant, ainsi qu'une immense couronne de fleurs superbement agencées.

«Papa, c'est ça le fameux carnaval?» m'exclamai-je, éblouie.

Pour toute réponse, mon père me colla à lui et porta son doigt à la bouche.

Chaque fois que je me remémore cette scène, je m'efforce à croire que même un cortège vénitien en carolines appartient au registre du sacré.

TONY: Oh là là, cette *trattoria*! Et Hans qui n'arrêtait pas d'insister pour qu'Isabel goûte à tous les produits locaux: après les *antipasti*, elle a commandé des haricots blancs couverts d'une sauce de champignons jaunâtre, ensuite elle a pris des calamars accompagnés de *polenta*, *che disgusto!* Le seul plat un peu potable était mon assiette de *scampi fritti*.

Au milieu du repas, un type du genre armoire à glace est arrivé, disant qu'il est chanteur d'opéra à la Fenice. Hans l'a invité à se joindre à nous et le type a commencé à beugler des airs de *La Traviata* 'pour les yeux ensorcelants d'Isabel'. Et elle, elle est restée accrochée à ses lèvres comme s'il s'agissait de Dieu le Père. Après chacune de ces vociférations à vous claquer les tympans, Hans offrait une tournée. Isabel a descendu quatre ou cinq verres de vin, mélangeant les rouges, les blancs et les rosés de la région, et pour couronner le tout, elle a bu de la *Grappa*. Ensuite, lorsque Mario le hurleur a appris que celle-ci était comédienne, il lui a dit qu'il avait joué dans plusieurs films, ainsi que dans la série sur Marco Polo. Ils ont parlé de Ken Marshall, de Sean Connery, de Nanni Moretti et de ce vieux bellâtre de Helmut Berger, comme si ces derniers étaient des membres de leur famille. Si Isabel connaît vraiment ces gus, même si ce sont des dinosaures, elle pourrait me les présenter et m'introduire à Cinecittà, peut-être même à ces grosses légumes de Hollywood que sont Robert Redford, De Niro ou Clint Eastwood, pourquoi pas?

Au *Gymnasium* (collège allemand), Sabrina ne cesse de me dire que je suis beau. Cela fait six mois que son mec l'a quittée, et qu'elle essaie d'être ma *ragazza* (petite amie) – mais elle est vraiment trop cruche, sauf qu'elle a raison lorsqu'elle me compare à un Apollon.

HANS: Depuis hier, l'attitude de Tony a changé. Il continue d'ignorer Isabel mais se montre a-do-ra-ble envers moi. Et à présent il traîne tout le temps à nos côtés. Il y a anguille sous roche, il manigance certainement quelque chose. Au Café Florian il m'a tellement exaspéré que j'ai dû lui refiler encore des sous pour qu'il s'achete d'autres BD. Il fallait voir l'air de supplication qu'il affichait, comme si je l'avais martyrisé.

ISABEL: Bon sens, mais que m'arrive-t-il? Lorsque je regarde la statue du Mars nu de l'escalier des Géants, dans la cour monumentale du Palais des Doges, c'est avec la tête de Tony qu'elle m'apparaît.

A *l'Accademia* c'est encore lui que je vois sous les traits du Saint Sébastien de Véronèse, tout bardé de flèches. J'hallucine, ma parole, et plus Tony m'échappe, plus j'ai envie de lui.

La messe dominicale à la Basilique de Saint Marc. Le faste, l'apparat d'un luxe inouï, et ce choeur de jeunes garçons dont les lèvres font s'échapper un chant céleste. *Il Cristo Redentore, mia colpa, mia massima colpa.* L'âme se révolte, le corps ne m'appartient plus, je prie pour que tout à coup un exalté ouvre le feu et se mette à nous mitrailler, l'un après l'autre, une seconde, une troisième fois, pour que nul n'en réchappe. J'aspire à un terrible carnage, à ce que le sang gicle, encore tout chaud, telles des coulées de lave en fusion, et que celle-ci se solidifie, instantanément, puis qu'elle se craquèle en une myriade de rubis étincelants qui iront s'ajouter à la *Pala d'Oro*. Les seuls à réchapper de cette terrible fusillade seraient le tueur et moi: Tony, triomphant dans sa nudité, exhibant un pénis en érection sacrilège et qui me pénètre aussitôt, de part en part, pour ensuite assouvir ma chair agonisante, il explose en moi une première fois, puis encore et encore, jusqu'à ce que j'aie l'impression d'être traversée d'électro-chocs, chacun de mes orgasmes étant suivis d'une série de morts douces. Dieu, quelle folie me traverse! J'ai soudain le pressentiment que quelque chose d'épouvantable va se produire.

TONY: Elle m'a offert un pendentif en or, à la forme d'un coeur, et m'a prié de n'en rien dire à Hans. Ah, les petites cachoteries vont commencer! C'est sans doute à cause du pompier qu'elle m'a fait la nuit dernière, ça a dû bien lui plaire, la salope. Elle ne peut plus se passer de moi, seulement, il ne manquerait plus qu'elle veuille m'épouser! ce serait le comble. Mais à y réfléchir, pourquoi pas? Laisse-moi d'abord grimper au firmament, aux côtés de Meryl Streep ou de Jane Fonda, même si elles ne sont plus de la première jeunesse – l'important n'est-ce pas de gagner 'l'affection' de ces monstres sacrés? Et une fois célèbre, *cara mia*, je t'enverrai promener. Non, il ne faut tout de même pas se montrer aussi ingrat. Je t'enterrerai près de la tombe d'Igor Stravinsky – Hans m'a fait entendre l'une de ses oeuvres, quelle horreur! –, ou de ce poète que tu cites parfois, cet Ezra Pound, dans le si joli cimetière de San Michele in Isola. N'est-ce pas ce dont tu rêves? Car tu répètes à hue et à dia que tu aimerais mourir à Venise. Fais-moi confiance, Isabel *carissima*, j'organiserai en ton honneur des funérailles grandioses, car j'en aurai plus que les moyens. Cela se passera au moment des festivités qui marquent les Épousailles de la Sérénissime – ne me l'as tu pas dit une fois lors de l'un de tes nombreux délires? Oui, oui, je t'aiderai à quitter cette maudite terre en pleine procession. Je ferai d'ailleurs appel aux meilleurs artisans-restaurateurs de la ville pour te construire un *bucintoro* sur mesure, le plus fastueux navire que tu aies jamais pu admirer. Tiens, maintenant que j'y pense, j'inclurai cette scène dans l'un de mes films. Ça en jettera.

HANS: Je commence à soupçonner que Tony y est pour quelque chose dans la rechute dépressive d'Isabel. S'il continue à la mépriser par son silence, je n'aurai pas d'autre alternative que de l'expédier en avance à Cortina d'Ampezzo, seul. Je ne sais pas ce qui me retient de le gifler. *Cretino*, à quoi joues-tu? Devant tout le monde tu arbores ce sourire stupide de garçon bien élevé, sauf devant elle. Même le directeur de l'hôtel, le chef cuisinier et ce *cameriere* que tu ne pouvais souffrir encore naguère, ont la grâce de tes compliments. Tu les as conquis, espèce de Judas. Mais tu ne perds rien pour attendre, car une fois que je te retrouverai à la montagne tu auras une sacrée surprise.

ISABEL: Le mal engendre la beauté et la beauté détruit son créateur... pour le seul plaisir de mes yeux. Le Palais des Doges ravagé par un incendie. Dans le Hall du Grand Conseil, reconstruit à neuf, un peintre malade et âgé plisse les yeux, il perdra la raison après avoir recréé le *Paradis*. Je te sanctifie, Tintoretto. Combien de larmes ces jeunes orphelines ne verseront-elles pas dans la *Pietà*? Larmes de joie, ou peines de coeur? Vierges de Venise, vous aurez eu votre revanche. Le prêtre aux cheveux roux que vous avez inspiré ne nous a-t-il pas légué l'immortel *Cimento dell'Armonia?* La frivolité n'épargne personne, même pas un prince de la musique. Tu as fini tes jours, Vivaldi, dans cette cité des muses et des compositeurs, qu'était la Vienne impériale, déchu, dans la misère, oublié des tiens et de ceux qui, autrefois, t'encensaient.

Avant de rentrer au Danieli, je me suis arrêtée devant la statue byzantine de la Madone. Elle est nichée dans une encoignure où jamais la lumière du soleil ne pénètre, et cela, à quelques mètres seulement des diadèmes resplendissants de San Marco; elle nous rappelle les méfaits et les injustices que les hommes peuvent commettre envers leur prochain. C'est l'histoire d'un jeune boulanger du nom de Pietro Faziol, accusé de meurtre et condamné à être pendu sur la place publique. Mais après son exécution, le véritable coupable se confessa. «*Ricordatevi del povero fornareto .*» Chaque fois qu'un condamné à mort passait devant la Madone-du-pauvre-boulanger, il lui lançait un regard implorant.

J'éprouve encore une fois cette étrange sensation de marcher à la surface d'un volcan alors qu'un calme sournois m'entoure.

Mais pourquoi donc est-ce que je pense à Tony, de manière si obsédante, il est tellement jeune... malgré, malgré... ce qui s'est passé entre nous? S'est-il moqué de moi? Et alors! Ce serait de son âge! Et pourtant, son visage ne me quitte plus.

Le premier jour de ce printemps 1984, la *Gazetta di Venezia* annonçait le fait divers suivant: ACTRICE AMÉRICAINE SE SUICIDE DANS SA SUITE DU DANIELI APRÈS AVOIR POIGNARDÉ SON JEUNE AMANT.

CHAPITRE QUATRE

LEBENSBORN

JE SUIS EFFONDRE. DOUBLEMENT EFFONDRE. D'ABORD PARCE que j'ai perdu deux êtres chers. Ensuite parce que j'estime avoir horriblement failli en tant que psychanalyste. Mon Dieu, qu'ai-je fait? Ou que n'ai-je pas fait pour qu'un tel drame se produise? Je ne croyais pas le cas d'Isabel aussi irréversible, ce que je prenais pour des attitudes féminines, à cause de ses éclats de rires et de ses envolées lyriques extravagantes, n'étaient que l'expression d'une fausse joie de vivre, d'un grand malaise. Etait-ce donc une vraie pathologie? Et Tony, mon petit Tonino, comment a-t-il pu se laisser entraîner dans une telle relation? Il m'avait bien parlé autrefois de ses envies sexuelles, mais avec des jeunes filles de son âge. Jamais il ne m'avait mentionné quoi que ce soit à propos de femmes mûres, d'ailleurs il se moquait souvent de l'un ou de l'autre de ses copains, qui sortaient avec des *vecchie donne sposate*. «C'est sûrement pour l'argent», me disait-il, «moi, je ne me vois pas aller au lit avec une vieille tarte, même encore passable.» Il faisait à leur propos des remarques parfois très drôles et nous riions bien tous les deux.

Fabio, aide-moi, je t'en prie, aide-moi, je vais sombrer.

J'ai cru m'être perdu pour toujours. Comment ai-je pu me tromper si profondément, si stupidement, presque avec l'arrogance du professionnel? Mais que signifie ce mot 'professionnel'?

Malgré mon chagrin, j'ai eu la présence d'esprit de me tourner vers Peter K., un collègue de l'université, lequel, avec beaucoup de tact et de sensibilité, m'a redonné confiance en moi, car je voulais me retirer du monde et te rejoindre Fabio, me punir de ce double deuil. Après une thérapie suivie de deux mois, à raison de trois séances par semaine, je me suis senti, sans joie aucune, mais prêt à croire à nouveau en l'humanité. Merci *lieber* Peter.

C'est d'ailleurs lui qui m'a mis sur une nouvelle piste, en me présentant Claudia Richtig, qui, étrangement, a voulu que je lise son journal avant de me parler. Au début j'ai hésité, pensant que cette manière de traiter un patient n'était pas inscrite dans les conventions, et que j'aurais peut-être du mal à entamer une relation psychanalytique.

Mais elle a tant insisté, que j'ai fini par accepter. Voici donc ce qu'elle appelle son «journal».

««Pendant trente ans j'ai épelé mon nom Claudia L. Richtig, L est pour Lisa, et ce jusqu'à ma récente découverte, Richtig étant le patronyme de mon mari. Mon nom de jeune fille était Edelstein. Je n'ai jamais trop fait attention au sens de ce nom, lequel signifie 'pierre précieuse' ou 'pierre noble'.

Mon mari Carl, un Juif autrichien qui, contrairement à ses malheureux parents, a eu la chance d'échapper à la Solution Finale, s'est révélé être le compagnon idéal, Richtig en allemand signifiant 'droit', 'juste', qualités qui ne se sont jamais démenties depuis que je le connais. Une fois immigré aux États-Unis, il a fait changer l'orthographe de son prénom, abandonnant le K d'origine, pour le C plus anglo-saxon.

La seule ombre à notre mariage est et reste sa cousine Judith, l'autre rescapée de la famille. Malgré tout l'amour que me porte Carl, le lien qui l'unit à cette femme est indestructible. J'ai essayé de la comprendre, mais rien ne semble changer son attitude: je suis L'ENNEMIE. Je hais ce que les Nazis représentaient, de toutes les fibres de mon être, et je le lui ai démontré de mille façons, mais cela ne lui suffit pas, car pour elle, mon sang est vicié à jamais. Oui, je suis d'origine allemande et catholique, oui je suis l'aryenne blonde aux yeux clairs, oui, je suis la 'salle boche'. Elle me l'a rappelé, tant de fois, par son seul regard, chargé de mépris. Il est certain que je ne pourrai jamais ressentir avec la même acuité cette immense douleur, et que le temps, ne peut estomper. C'est une cicatrice indélébile qu'ils porteront tous les deux dans leur chair et dans leur esprit tant qu'ils vivront. Mais en suis-je responsable?

Il est vrai que ces derniers temps Judith vient nous rendre visite deux fois par mois, et il est vrai qu'elle ne me traite plus avec dédain. J'en suis arrivée à ne plus exister pour elle, tout simplement. Elle a cette façon insidieuse de s'adresser à nous deux tout en m'ignorant. C'est sans doute depuis l'anecdote que je lui ai rapportée en présence de Carl, qu'elle a décidé d'adopter cette indifférence à mon égard. Il s'agit d'un fait très peu connu de la seconde guerre mondiale: des 'Aryennes', mariées à des Juifs, citoyens allemands ou autrichiens, se sont rebellées contre les autorités nazies. Elles avaient formé des comités de solidarité et se sont mises à manifester, ensemble, devant les bureaux de l'Administration à Berlin, afin de sauver leur mariage, qualifié de contre-nature. Au début, elles furent ignorées, mais comme elles revenaient à la charge, jour après jour, et avec une ferveur accrue – leurs exigences étant de plus en plus bruyantes, elles dérangeaient l'ordre public et commençaient à faire scandale – des mesures exceptionnelles furent promulguées à leur égard, et elles eurent gain de cause. En contrepartie, elles étaient priées de garder la plus grande discrétion concernant leurs époux.

Carl ouvrit de grands yeux lorsqu'il entendit cette histoire. Sa cousine, elle, esquissa un sourire qui se figea en rictus, comme si ce qu'elle venait d'entendre était non seulement invraisemblable, mais un mensonge que je venais d'inventer afin de me dédouaner. Et quand, pour conclure, me tournant vers Carl, j'affirmai que si nous avions été dans la même situation, lui et moi, j'aurais fait la même chose, c'est-à-dire que je me serais jointe à ces femmes pour empêcher l'éventuelle dissolution de notre mariage, Judith poussa un long soupir d'incrédulité. Au fond de moi, je me demandais si, malgré son air de ne pas y croire, et par-delà sa mine glaciale, elle ne s'était pas soudain amadouée, ne fût-ce qu'un tout petit peu. Mais, parfois, je me prends à douter si je ne préférais pas l'antipathie qu'elle affichait naguère. Lorsque, tout au début de notre relation, Carl lui avait annoncé nos fiançailles, ne lui avait-elle pas lancé, devant moi:

«En épousant cette femme, cette... cette... – et là, elle s'était arrêtée, tout en me fusillant du regard –, tu commets un acte abominable, comme si tu consentais à ce que notre famille soit assassinée une deuxième fois.»

Les premières semaines qui ont suivi cet incident m'ont rendu malade, car Judith ne cessait de maudire notre relation, et cela à cor et à cri. Le pauvre Carl avait perdu dix kilos, et combien de fois ne l'ai-je vu s'essuyer les larmes au moment où j'apparaissais. Ces scènes étaient parfois si violentes que, ne les supportant plus, je lui ai dit, un jour que sa cousine était partie, claquant la porte derrière elle, la mort dans l'âme:

«Pour ton bien et pour notre sérénité à tous les deux, il vaudrait mieux que nous nous séparions, mais sache que je n'aimerai jamais un homme autant que toi.»

Il s'est alors jeté dans mes bras et a longuement sangloté, puis, reprenant ses esprits, et d'une voix ferme, il dit, presque en hurlant:

«Jamais, tu entends, jamais je ne te quitterai, et quoi qu'elle pense, Tu seras ma Femme!»

Comme je l'ai mentionné plus haut, j'ai appris à me contrôler du fait que Judith avait pris l'habitude de m'ignorer, aussi désagréable que fût cette situation. Après tout, me suis-je raisonnée, Carl me comblait à tous les niveaux. Il y eut cependant un élément dans notre couple qui me causa un énorme chagrin: je ne pouvais pas avoir d'enfant, et Carl, malgré mes supplications et mon insistance a toujours refusé que nous en adoptions un.

Une décision que je trouvai, au début, égoïste et particulièrement cruelle, d'autant plus que Judith jubilait de me savoir stérile. Mon sang n'était-il pas celui d'assassins, et le sort ne s'était-il pas vengé en faisant qu'il ne puisse se mêler au leur? Le seul choix qui me restait était de m'y résigner. Cela me prit du temps et je m'en trouvai plus sereine, remerciant le destin de m'avoir offert une existence faite d'amour et de joies quotidiennes.

Mais une nouvelle me parvint, tel un djinn s'étant malencontreusement échappé d'un passé que je croyais enfoui dans les limbes de ma mémoire, qui allait me bouleverser et par là-même créer une tension dans notre couple, principalement, et encore une fois, à cause de Judith. Jusqu'à présent je m'étais efforcée de croire ce qui apparaissait sur mon livret de famille et que mes deux parents avaient été tués en 1944 lors d'un bombardement, alors que je me trouvais hébergée chez une sage-femme à la campagne. Et comme, par la suite, personne ne vint me réclamer, je fus placée dans un orphelinat.

Il y a donc un peu moins d'un mois, j'ai reçu une lettre de la municipalité de Neckargemünde, une petite ville non loin de Heidelberg, où je suis née. Dans cette lettre on m'apprit qu'une femme, âgée de quatre-vingt-cinq ans, désirait me rencontrer, car elle prétendait devoir m'annoncer une importante nouvelle sur mes origines familiales. J'eus un choc en la lisant et je fus tiraillée entre la décision de ne pas donner suite à cette requête et une curiosité bien naturelle qui me démangeait un peu plus tandis que les jours passaient. D'une part, je me sentais protégée par le flou temporel et géographique dans lequel baignait ma petite enfance. J'avais grandi aux États-Unis et j'étais devenue citoyenne américaine depuis si longtemps que mes antécédents allemands appartenaient désormais à un monde que j'avais poussé aux oubliettes.

Au début, j'ai caché la lettre à Carl, mais je devenais irritable, et il s'en aperçut bien vite; je décidai alors de la lui montrer. Nous en avons discuté longuement, veillant à ce que sa cousine ne soupçonne rien, je ne l'aurais pas supporté. Carl a ensuite suggéré que nous nous envolions pour l'Europe afin de nous renseigner sur la question, et qu'en même temps nous prenions du bon temps. Nous dîmes à Judith que nous avions décidé de passer les vacances de Pâques entre Londres et Zürich, car nous avions tous les deux besoin d'un peu de repos et que le changement d'air nous serait bénéfique. Malgré son apparence, cet itinéraire n'était pas un subterfuge, car nous avons effectivement résidé dans ces deux villes. Les quelques jours passés dans la capitale britannique furent, malgré les circonstances, agréables, mais, surtout, très instructifs. Nous avons, bien sûr, visité les monuments principaux, avec la Tour de Londres et Buckingham Palace, en prime, ainsi que ses parcs magnifiques, tandis que les soirs, en dépit de notre fatigue – nous marchions des kilomètres, souvent au pas de course –, nous allions au théatre.

Mais dès l'instant que je posai le pied à l'aéroport de Zürich, mon coeur se mit à battre la chamade, gommant d'un coup les beaux souvenirs que nous avions emportés avec nous du séjour londonien. Mon humeur devint maussade, surtout lorsque, après tant d'années, que dis-je, après des décennies, j'entendis autour de moi parler allemand. Soudain je fus comme plongée dans un bain glacial et manquai d'étouffer, car même si la langue de Goethe avait ici l'accent suisse, je n'aurais pas pu concevoir qu'un jour je retournerais dans un pays où elle était parlée officiellement. Quant à l'Allemagne et à l'Autriche, nous nous étions jurés, Carl et moi, de ne jamais y remettre les pieds.

Nous avions réservé une chambre dans un hôtel au centre de Zürich. À peine avais-je ouvert ma valise que je me mis à trembler, et restai paralysée, comme si quelque chose m'empêchait de ranger mes vêtements dans l'armoire. C'est alors que mes nerfs ont craqué. Carl m'a aussitôt enlacée, me susurrant des paroles réconfortantes. Une fois apaisée, je lui dis: «Chéri, j'ai le sentiment que je dois régler cette affaire seule, une forte intuition me le commande. Le plus tôt sera le mieux. Je prendrai le premier train demain matin et irai à l'adresse indiquée. Toi, reste en ville, à flâner, tu pourrais même faire une excursion en bateau sur le Lac, car on prédit un temps plutôt ensoleillé, et je sais combien tu aimes naviguer.»

Carl me dévisagea, la mine perplexe, mais une fois la surprise passée, il hocha la tête, forçant un sourire. Je voyais bien dans son regard, dans ces yeux magnifiques d'un brun pailleté d'or, auxquels j'avais succombé, lors de notre toute première rencontre, et qui m'émeuvent encore aujourd'hui, lorsqu'il me fixait, qu'il avait peur pour moi, se demandant si j'allais pouvoir traverser l'épreuve qui m'attendait, sans perdre pied.

Tandis que l'*Inter City* m'emmenait vers une nouvelle destination, et peut-être vers une nouvelle destinée, une fine pluie caressait, à travers la vitre embuée, un paysage vallonné adossé aux flancs de la montagne, leur octroyant des teintes pastel, allant du bleu céruléen au vert tendre, et qui évoquaient ces aquarelles de la Belle Époque que j'avais vues reproduites dans un vieux livre que Carl avait déniché chez un brocanteur à New York.

Vers quel cauchemar ce train, tellement confortable, tellement silencieux, allait-il m'entraîner? En face de moi étaient assises deux matrones à l'air pincé de grenouilles de bénitier. Quel contraste avec ce paysage d'une beauté si apaisante! Il me semblait que je regardais simultanément deux films muets, l'un que je n'avais pas choisi, et l'autre qui me berçait avec une sorte de compassion, pour déjà me soulager d'un événement qui allait, sans aucun doute, réveiller en moi des démons.

Tout à coup, me rendant compte que nous venions de traverser la frontière entre la Suisse et l'Allemagne, je fus prise d'un tremblement. Mais au moment où le douanier, vêtu d'un impeccable uniforme et d'une casquette vert foncé, demanda à voir mon passeport, je me raidis, serrant très fort les dents. Il me remercia avec un léger hochement de la tête et un claquement des talons, puis me souhaita «*Wilkommen in Deutschland*». Un flot de sensations violentes se mit à bouillonner dans ma tête, pour ensuite envahir tout mon corps, tels ces projectiles de pierres incandescentes et de lave en fusion qu'un volcan enragé crache au moment de son réveil. Il y avait à l'intérieur de moi comme une foule en débandade courant dans tous les sens. Les deux matrones me fixaient, impassibles. Elles avaient peut-être remarqué le flux de sang qui s'était répandu dans mes joues, tandis que je m'efforçais de paraître sereine.

Nous roulions à présent le long du lac de Constance, mais au lieu d'admirer le paysage, une pensée cataclysmique traversa mon esprit: j'imaginai que, tout à coup, notre train déraillait, et que bientôt, il disparaîtrait, avec toute sa cargaison, au fond du lac. Déjà je regrettais ma décision d'aller à la rencontre de cette vieille dame qui devait me révéler des choses importantes sur ma famille. J'avais l'impression d'aller au devant d'un peloton d'exécution, mais il était désormais trop tard, le destin était en train de m'arracher à mon quotidien fait d'amour et de relative tranquillité. Lorsque, encore très jeune, j'ai émigré aux États-Unis, il était presque inconvenant de parler de son pays d'origine, du moins en public, d'autant plus, que dans mon cas, il s'agissait de l'Allemagne, où avait été perpétré le plus grand crime de l'Humanité.

«Tu peux encore changer d'avis», me souffla une petite voix, provenant du fond de mon esprit. Mais au même moment, comme pour dissiper toute velléité d'hésitation, le haut-parleur du compartiment grésilla, annonçant que bientôt nous entrerions en gare de K, ma destination, et comme par écho, je m'entendis dire: «Il n'y a plus de retour.»

Au sortir du train, je hélai un taxi et lus l'adresse au chauffeur, lui demandant combien de temps nous mettrions pour y aller.

«Comme la route est un peu glissante, ça prendra vingt minutes, ou tout au plus, une demi-heure.» Et il ajoute: «Pour une étrangère, *Gnädige Frau*, vous parlez remarquablement notre langue.»

«Merci,» lui répondis-je, d'une voix soudain enrouée, car au lieu de me sentir flattée par son compliment, je fus surprise, qu'après tant d'années, la mémoire des mots me revint avec autant de facilité. Le terme d'étranger revêtait, pour moi, une connotation sinistre, et la peur de m'engouffrer dans un *no man's land* me glaça. Étais-je en train de perdre mon identité américaine, tandis que je recouvrais lentement celle de mon enfance? O, combien je comprenais que tant de gens préfèrent occulter sur leur passé. Certaines vérités ne devraient jamais remonter à la surface, j'en étais maintenant convaincue.

«Nous y voilà, *gnädige Frau*, dit le chauffeur de taxi comme nous nous engagions dans une allée bordée de hêtres magnifiques. Il se gara devant un grand portail grillagé et me souhaita un agréable après-midi, après que je lui réglai la course, lui offrant un généreux pourboire.

À l'extrémité d'un jardin à la française, orné de parterres de rosiers, devant lesquels se trouvaient, en rangs dispersés quelques bancs fraîchement repeints, s'érigeait un immeuble de briques rouges, à trois étages, en forme de fer à cheval. Ce bâtiment faisait plutôt penser à un laboratoire pharmaceutique d'avant-guerre, qu'à une maison de retraite du Département de la Santé du *Land*.

Je me présentai à la réception, et attendis quelques minutes jusqu'à ce qu'une infirmière aux traits ascétiques, et portant une longue blouse d'un brun clair qui ne dépareillait pas avec le hall, auquel les parois beiges, le plafond cerné de moulures, et les quatre colonnes en chêne, conféraient un air d'efficacité bien germanique et de froide routine.

«Frau Gruber vous attend au petit salon», me dit l'infirmière, tandis qu'elle ouvrit la porte vitrée, couverte d'un voilage couleur crème, m'introduisant ainsi dans la pièce où était assise une femme âgée, seule. «Cette dame a préparé votre visite avec impatience et avec une excitation qui ne lui est pas habituelle», poursuivit-elle, en baissant la voix, «car c'est une personne qui, en général, est très peu diserte et qui ne dévoile pas ses émotions. Vous devez être, pour elle, quelqu'un d'important. Elle a même insisté de préparer elle-même, en cuisine – ce qu'elle ne fait jamais –, un *Apfelstrudel* pour le thé, à votre intention. Je vous laisse à présent en sa compagnie.» Et elle referma la porte derrière moi.

Le salon contrastait agréablement avec l'aspect sévère du hall que je venais de quitter. Aux quatre coins des plantes feuillues étaient postées dans des pots recouverts de jute, tandis que deux fauteuils et un canapé en osier, sur lesquels étaient éparpillés de gros coussins aux motifs de fleurs exotiques, donnant sur une portion de jardin, finissaient d'égayer l'atmosphère de ce nid douillet. De jolies aquarelles étaient accrochées à deux murs. Et face à la baie vitrée, assise, très droite, la femme qui s'était évertuée à retrouver mes traces, m'invita, sans se lever, à m'installer dans le fauteuil, à côté d'elle. Devant nous se trouvait une plaque ovale en plexiglas, et qui reposait sur un morceau de tronc d'arbre verni, servant de socle.

Madame Gruber me demanda alors de nous servir le thé et de découper le gâteau qu'elle avait confectionné de ses propres mains pour célébrer notre rencontre. Tandis que je lui versais le thé, elle me dévisagea à travers ses lunettes aux verres fumés, puis, lorsque nos regards se croisèrent à nouveau, elle secoua légèrement la tête et me sourit, avec ce que je pris pour de la bienveillance, ou était-ce de l'affection? J'avais devant moi une femme encore belle, malgré ses nombreuses rides − jeune, elle devait être superbe −, à la chevelure abondante, couleur paille, traversée de mèches argentées, et rassemblée en chignon, lequel mettait en valeur une longue nuque aristocratique. À peine fardée − son rouge à lèvres était si léger, que l'on avait du mal à en déterminer la couleur −, elle portait un ensemble de mousseline carmin et des chaussures à mi-talons, ainsi que des gants très fins en chevreau, assortis. Son élégance me frappa moins que l'âge que je pouvais lui donner. Elle paraissait avoir la soixantaine avancée, tout au plus soixante-dix ans, et non les quatre-vingt-cinq ans que l'on m'avait annoncés.

Mal à l'aise, et ne sachant pas comment entamer notre conversation, après ces entrefaites où rien n'avait été vraiment dit, je la complimentai sur son *Apfelstrudel*, le meilleur que j'aie goûté depuis cette pâtisserie de German Town, le quartier allemand de New York, où avait dû me traîner une amie. C'est alors, toujours avec cette même douceur dans le regard, qu'elle s'enquit sur ma vie aux États-Unis. Elle me demanda si j'étais heureuse dans mon mariage et me questionna sur mon mari sur son travail, sur son caractère. Avions-nous des enfants? Par contre, aucune question ne fut posée à propos de mon enfance en Allemagne, ce qui m'étonna.

Comme je fronçais les sourcils, tâchant de lire dans son regard, elle s'expliqua:

«Ma vue s'est récemment détériorée, et toute lumière non tamisée me fait larmoyer, voilà pourquoi je suis obligée de porter ces verres fumés», ajouta-t-elle pour se justifier. Elle se tut ensuite pendant un si long moment, que je commençai à me sentir de nouveau incommodée.

«Notre rencontre d'aujourd'hui est pour moi d'une importance capitale», reprit-elle. «Cela fait des années que je la préparais dans ma tête, mais je n'osais pas franchir le pas. J'ai persévéré et vous voici enfin devant moi.» Son ton changea brusquement, dans lequel on pouvait y déceler une sorte de lassitude mêlée à de la crainte. Puis, fixant le paysage si merveilleusement serein devant nous, elle dit, la voix cassée: «Tout ce que j'espère, c'est que, une fois que vous aurez entendu ma révélation, vous ne me haïrez pas. Mais, quelles qu'en soient les conséquences, je vous dois cette vérité.»

Ce que j'entendis par la suite, était digne d'un film d'épouvante.

LEBENSBORN (Source de vie)

Celle qui se faisait passer pour la sage-femme

prétend être ma mère, ma chair, mon sang

mais je ne veux pas de cette mère, encore belle, encore si lucide,

cette femme qui est la source de ma vie.

LEBENSBORN

Elle dit qu'elle a été emmenée de force dans cette clinique

où l'on faisait se rencontrer les hommes et les femmes

sélectionnés parmi les représentants les plus parfaits de la race aryenne

au sein de ce Troisième Reich, qui allait s'étendre à toute la planète

et que l'on obligeait de s'accoupler, afin d'engendrer les enfants

les plus beaux, les plus intelligents,

les plus inventifs de la nouvelle génération.

LEBENSBORN

De ces corps élancés et athlétiques, de ces cheveux couleur de miel,

de ces yeux bleus et translucides comme le ciel,

naîtrait la race supérieure, la race la plus pure qui ait jamais été produite,

et qui éclairerait le monde pour les mille années à venir.

LEBENSBORN

Et je serais, MOI, le résultat vivant de cette nouvelle race?

Moi qui ai épousé un Juif, et pour qui sa cousine ne pourrait jamais réserver

ne fût-ce qu'un minuscule coin dans son coeur,

tu ne sauras jamais, Judith, à quel point tu avais raison.

LEBENSBORN

Comme moi, nous sommes, je viens de l'apprendre,

plus de deux-cents mille êtres humains, considérés comme faisant partie

de la génération de 'surhommes' si chère à ce Satan de Führer, lequel,

dans son cerveau malade, a cru se faire le complice de Nietzsche *et de Wagner, de Mozart et de Beethoven, de tous ces grands hommes*

que l'Allemagne et l'Autriche avaient enfantés, pourvu qu'ils ne fussent pas juifs

LEBENSBORN

Aussi, je dis adieu à cette femme, à cette mère, génitrice

d'un cauchemar que je déclare mort-né, et que je jette aux orties,

mais à qui je ne veux aucun mal, seulement qu'elle m'oublie,

qu'elle m'oublie à tout jamais, et qu'en même temps

elle cesse de se sentir coupable à cause d'un événement qui la dépassait

LEBENSBORN

Non, Frau Gruber, je ne vous maudis pas, ni ne vous méprise,

mais à présent je dois m'en aller, m'en aller tout de suite,

pour attraper le prochain train qui me ramènera à Zurich,

qui me ramènera à à ce Juif qui a pu s'échapper de leurs griffes,

ce mari qui m'aime, et qui me comble de bonheur.

Adieu, Frau Gruber, à Dieu, que dis-je, à jamais!

Lebewohl!

LEBENSBORN «»

CHAPITRE CINQ

LE CHOIX

J'AI VU CLAUDIA RICHTIG LE SURLENDEMAIN DE L'ENTREVUE avec sa mère biologique. Inquiet de sa réaction violente, son mari avait décidé de prolonger leur séjour en Europe et de se rendre à Heidelberg, sur les conseils de Peter, afin qu'elle me consulte. Mon propos dans ce récit n'est pas de rendre compte de mes patients dans le détail, ni de révéler les résultats médicaux d'une thérapie – ils ne sont d'ailleurs jamais cités par leur vrai nom –, la seule chose que je dirai est qu'après dix jours de consultations, le couple s'est senti assez confiant pour rentrer aux États-Unis. Je leur ai recommandé un confrère à New York, et ils ont promis de m'écrire régulièrement.

Dans tous les cas que je traite, Fabio reste présent, et ce n'est pas un hasard si chacun de mes patients se reflète dans ces éclats de miroir – fragments de puzzle – qui s'imbriquent, où l'ami de toujours y apparaît dans sa juvénile beauté, comme à travers un hologramme tournant autour de la sphère, tel un portrait fluide, ou comme ces images qui défilent sur les bandes lumineuses de Times Square. Ces grands yeux couleur d'ambre, ourlés de longs cils magnifiques, qui m'avaient si longuement hanté durant mon adolescence, avec une indicible tristesse, me regardent aujourd'hui avec une douceur rassérénante, et leur effet est encore plus bénéfique lorsque le doute m'assaille. Ainsi, quand le besoin d'un soutien se fait encore plus pressant, ce n'est plus Dieu que j'implore, mais lui, le Prince des Anges. Il a fallu quelques minutes dans ma vie d'enfant pour que se cristallise en moi ce qui, d'un drame annoncé, aura fait ma force d'homme adulte. C'est peut-être cela le miracle de ma réhabilitation. Comment expliquer autrement qu'un souvenir si pénible se transforme en un pilier?

Voici un autre cas que j'ai traité et qui aurait pu tourner au tragique, tant les deux jeunes personnes impliquées, elle, allemande, et lui, italien, ont eu à affronter des obstacles, aussi bien culturels, que physiologiques et sociétaux.

Printemps, dans une petite ville aux abords de la Forêt Noire.

MOÏRA: Au début je l'ai pris pour un gigolo et je l'ai ignoré. C'était sans doute à cause de son air bohémien et de sa beauté de jeune loup un peu trop affirmée. En général, je me méfie de ces garçons qui sont d'une élégance à contre-courant de la mode, mais qui l'utilisent à la fois pour accentuer leur charme.

Pourtant, lorsque je l'ai regardé hier soir évoluer, durant toute une heure, sur la piste de danse, j'ai dû reconnaître qu'il avait beaucoup d'allant et que ce que j'avais pris pour de l'arrogance, était en fait une grâce naturelle. Ses gestes étaient ceux d'un félin, et s'habiller comme un gitan raffiné lui allait très bien. Tout à coup, j'ai vu une demi-douzaine de filles s'agitant autour de lui, tels des éphémères éblouis par la lumière d'un phare. Chacune d'entre elles voulait l'attirer pour qu'il soit leur partenaire de la soirée, mais il déclinait gentiment leur invitation, préférant danser seul, au milieu de la foule. Certaines de ces filles, dépitées, lui firent la grimace, et soudain, je détectai dans son regard une ombre de panique. Il continua de danser, mais à présent, avec moins d'entrain, les yeux fixés sur ses mocassins, comme s'il voulait éviter toute nouvelle confrontation.

Mais que cherchait-il donc dans un endroit pareil, si ce n'était faire des rencontres?

C'était la deuxième fois que je l'apercevais ici. Après ses séances de déhanchements solitaires, il est allé à sa table, au fond de la piste de danse, et s'est mis à siroter une boisson qui ressemblait à du jus d'orange. De temps en temps, il jetait un coup d'oeil vers la porte d'entrée, comme s'il attendait quelqu'un. Il s'est alors soudain levé, et j'ai cru qu'il allait partir, lorsqu'il s'est dirigé vers moi et m'a demandé si je voulais bien le rejoindre sur la piste. J'ai d'abord refusé, un peu sèchement, et il est retourné se rasseoir à sa table. Cinq minutes plus tard, il est revenu à la charge, et cette fois j'ai accepté son invitation.

Il m'a pris par la taille comme s'il tenait entre ses mains une tige en verre terriblement délicate et j'ai senti le frêle tremblement de ses doigts énervés. Svelte et élancé, me dépassant d'une tête, il m'a appris qu'il était originaire de Burano, une île au nord de la lagune de Venise, réputée pour sa fine dentelle et ses maisons colorées. Nouveau en ville, il avait accepté une offre intéressante dans une fabrique de jouets de la région, où il pouvait exercer ses qualités de dessinateur en toute liberté, ses esquisses et ses créations ayant ravi le propriétaire de l'entreprise.

«Je suis venu m'installer ici pour, en quelque sorte, tourner la page», m'a-t-il dit, tandis qu'il m'entraînait dans une valse lente. Moins emprunté, maintenant que je l'écoutais avec attention, il a cependant gardé une certaine distance, et tendu son long cou pâle, afin que je ne le soupçonne pas de vouloir flirter. Mais de temps à autre je sentais son menton effleurer ma tempe. Il a certainement dû recevoir une éducation plutôt stricte, catholique, vraisemblablement, ai-je pensé. Et je n'avais pas tort.

«J'ai étudié douze ans avec les Jésuites,» m'a-t-il confirmé.

Derrière son tact et sa politesse, j'ai cru déceler un trouble intérieur.

FLAVIO: J'ai attendu trois semaines – un vrai calvaire – avant de me décider à lui en parler. Il ne faut pas qu'elle sente une quelconque hésitation de ma part, alors que, déjà, je panique. Mes joues sont en feu, mais elle ne peut heureusement pas s'en apercevoir, car il fait trop sombre.

«Appelle-moi la semaine prochaine,» m'avait-elle dit, «je dois m'absenter pour quelques jours.» Et elle m'a donné le numéro de téléphone de son cabinet à l'hôpital. Chaque fois qu'elle s'annonce ou que je répète son nom, je ressens comme une bouffée d'air frais. Moïra... de moire... de soie... et de dentelles... de beauté mystérieuse.

Grâce à elle, j'ai pu surmonter mes premières semaines de blues dans cette petite ville bourgeoise et quelque peu hostile. Nous sommes à vingt minutes à peine en tram de Heidelberg, superbe cité qui attire des étudiants de toute l'Europe, mais quelle différence dans les mentalités! D'autre part, le travail à la fabrique me plaît énormément, et donc c'est ici que je dois résider.

Elle m'a emmené dans sa vieille *Coccinelle* et pendant quelques kilomètres nous avons longé les méandres du Neckar. Mais dès que nous sommes entrés dans la forêt, il s'est mis à bruiner. En observant son profil esquissé contre la vitre embuée, tandis qu'elle se concentrait sur la route, j'ai soudain été frappé par sa ressemblance avec les portraits de femmes que peignait Fernand Knopff. Elle avait ces mêmes traits anguleux et androgynes qui m'ont toujours attiré.

Nous nous sommes arrêtés dans un village à l'orée du bois et sommes entrés dans une *Konditorei*, c'était une jolie pâtisserie au décor rustique. Moïra a commandé un *Irish coffee*, et moi j'ai pris un chocolat viennois.

Elle avait une façon très subtile de me sonder, et je voyais bien qu'elle continuait de me tester. Je lui ai pratiquement tout raconté de ma vie à Burano, tandis que d'elle, je sais si peu de choses, sauf qu'elle travaille dans la vallée comme psychologue pour enfants, et qu'elle se met également au service de personnes âgées vivant seules.

MOÏRA: Il est assez naïf, et plutôt fragile de caractère, mais il a tout de même eu le courage de quitter sa famille et de couper avec son environnement. Pas facile pour un *mammone* (fils à maman, d'après lui, typiquement italien). Mais j'apprécie son humour pince-sans-rire et son autodérision, qui contre-balancent cette raideur initiale que j'avais pris pour de la prétention. J'aimerais toutefois qu'il cesse de taper du pied contre la table, c'est agaçant.

«J'ai tellement besoin d'un ami, d'une amie», m'a-t-il encore répété. Pourquoi pas, mais il faut voir. Non seulement il fait jeune, mais il a trois ans de moins que moi, c'est un bel écart tout de même.

Il regrettait de n'avoir pas apporté son appareil photo, car il aurait voulu prendre quelques clichés de moi en noir et blanc dans ce village perdu, qui dans la bruine, avait quelque chose de glauque et de hanté. Nous avons tellement discuté que lorsque j'ai regardé ma montre, je me suis écriée: «Déjà vingt heures!»

Il a insisté pour que je vienne prendre un apéritif chez lui avant de rentrer.

Il baigne dans son appartement une atmosphère à la fois étrange et touchante. Les murs sont tapissés de photo-montages, d'esquisses de jouets et de portraits de petites filles.

Lorsque l'on fait un peu attention, on décèle dans chacun de ces portraits l'ombre d'une ressemblance avec leur auteur, et l'on se rend bien vite compte qu'il s'agit d'une monomanie narcissique. Ces fillettes sont toujours représentées dans des situations où guette un danger. Mais au lieu de se sentir désemparées, elles ont, au contraire, un air de défi; on dirait même qu'elles veulent provoquer le destin.

Outre une planche à dessin et un *futon*, la pièce principale contient très peu de meubles. Par contre, des dizaines de coussins de toutes les tailles et de toutes les couleurs sont éparpillés sur le sol, avec une prédominance de rouges et de violets. De même que le téléviseur et l'ensemble stéréo sont enfermés dans un placard, les livres et les disques échappent à la vue des visiteurs. «Je ne veux imposer mon intimité à personne.» m'a-t-il expliqué.

Comme je m'apprêtais à le quitter, lui souhaitant la bonne nuit, j'ai aperçu la grande aquarelle trônant au-dessus de la porte d'entrée. Une autre petite fille y apparaissait, mais cette fois dans un portrait en pied et totalement nue, toujours avec cette ressemblance troublante. À la place du vagin elle portait une croix couleur rose fuchsia.

FLAVIO: Cela fait deux mois que nous ne nous sommes plus vus, elle, voyageant pour son travail, moi, très pris à la fabrique, à cause de délais serrés.

Tout s'était merveilleusement passé entre nous, malgré cette longue absence, jusqu'à hier soir. Fallait-il l'imputer au champagne, que je n'ai pas l'habitude de boire? Avant que je n'aie eu le temps de protester – nous étions tous les deux grisés par l'alcool –, Moïra a commencé à me dévêtir. Tandis que ses mains parcouraient mon corps, je sentis mes artères pulser, puis mes pores s'ouvrir, tels des boutons de coquelicots. Que je sois resté raide et immobile, dans un état proche de la catalepsie, ne semblait pas la déranger. Elle continuait de me caresser. «Tu le savais bien que je n'étais pas prêt», m'entendis-je susurrer. Mais elle ignora ma supplication et me fit l'amour jusqu'à tard dans la nuit. À chaque orgasme, j'avais l'impression de décharger dans son ventre des salves de poison, et l'image d'un déluge de sang, que je provoquais, malgré moi, me fit frémir. «Mon Dieu, Moïra, qu'as-tu fait?»

MOÏRA: Le satiné, la douceur de son duvet. Pas une once de graisse. Je parie qu'à quarante ans il aura encore cette silhouette d'adolescent. Il est si passif – est-ce de la pudeur, de la timidité? – que je le trouve presque attendrissant. Pas l'ébauche d'un sourire, pas un mot s'échappant des ses lèvres lorsqu'il jouit. Car il jouit abondamment et lorsque ses flots m'envahissent par ondées, et que je m'abandonne en même temps, il me prend une folle envie de planter mes ongles dans sa chair et de m'arrimer à son corps. Mais au lieu de cela, je le couvre de baisers. Peut-être aime-t-il jouer aux robots sexuels?

Rentrée du séminaire, j'ai trouvé un message sous le paillasson.

«Je m'absenterai pour quelques semaines, même davantage. Ne te fais pas de soucis, tu auras de mes nouvelles en temps opportun.»

Et oui que je m'inquiète. Serait-ce à cause de la nuit que nous avons passée ensemble à faire l'amour? L'ai-je traumatisé? Pourquoi n'a-t-il pas ouvert la bouche si tel était le cas?

Et pourtant, après nos derniers ébats, il s'est endormi, paisible comme un chérubin.

Je ne connais même pas l'adresse de l'endroit où il travaille. C'est tout de même moche de sa part de me laisser ainsi en plan! Calme-toi, calme-toi! Comment puis-je me calmer? Je dois le retrouver.

Il m'a envoyé quelques lignes, confirmant ce qu'il m'avait écrit avant son départ, rien de plus. Sur l'enveloppe, des timbres de la poste britannique. Il est à Londres, mais que fait-il là-bas? Au début, même son propriétaire avait refusé de me dire où il était parti. Je l'ai tellement harcelé qu'il m'a finalement révélé que Flavio lui avait payé trois mois de loyer d'avance, mais sans laisser d'adresse. Je suis également parvenue à contacter la fabrique de jouets, ce qui n'était pas difficile, étant donné qu'il y en a seulement une dans la région. Le chef du personnel a été encore plus vague, me disant que Flavio avait pris un congé sabbatique. Ils doivent le tenir en très haute estime là-bas pour le lui accorder, à peine quelques mois après l'avoir embauché. Il me le paiera ce garçon, ah il me le paiera!

FLAVIO: Elle m'a embrassé, puis giflé, puis embrassé une nouvelle fois, les yeux scintillant de larmes. Et m'a appelé en italien *figlio di putana*. Elle s'en fichait de savoir pourquoi je l'avais quittée si précipitamment, où je m'étais échappé tous ces mois, qui j'avais rencontré. Me connaissant, elle savait que j'allais tôt ou tard le lui dire.

Cette veille de Noël, le lendemain de mon retour, nous avons dîné aux chandelles dans son appartement. Nous nous sommes préparé un véritable festin franco-italien. Cela a commencé par un pâté de foie mousseux, suave et succulent, suivi d'une salade romaine, de *penne all'arrabiata*, et d'une truite saumonée à la chair voluptueuse, accompagnée d'asperges, de haricots sautés, croquants, et de pommes de terre rôties. Au dessert, nous avons eu droit à un *tiramisu*, fait maison, ainsi qu'à des bananes flambées au cognac, le tout arrosé de vin rouge des Pouilles et de Riesling. Dieu que c'était bon, après cette longue période de cuisine fade et de légumes bouillis!

C'est moi qui ai insisté pour que nous allions à la messe de minuit.

Étais-je soudain devenu un mystique, ou était-ce de la repentance? m'a-t-elle demandé, avec ironie. À l'église, joignant ma voix à celle du choeur de jeunes garçons, je me suis mis à pleurer, remerciant le Seigneur de m'avoir donné le courage de traverser cette dure épreuve. Je me rends compte que j'ai besoin de Lui, plus que jamais, car le grand chambardement ne fait que continuer, d'une autre manière, et cette fois, nous serons deux à devoir le maîtriser.

MOÏRA: C'est à présent seulement que je réalise à quel point il m'est devenu indispensable. Et combien j'ai soif de son beau corps, fin comme ces lianes encore vertes de sève de la forêt tropicale. Mais je ne répèterai pas l'erreur ayant débouché sur le désastre qui a provoqué sa fugue. Cette fois, je me montrerai patiente et le laisserai, lui, prendre l'initiative. Je lui trouve cependant un air mystérieux, car, dès que nos regards se croisent, il baisse les yeux et se met à rougir, comme s'il voulait m'annoncer quelque chose, mais, qu'à la dernière minute, il n'ose révéler.

FLAVIO: Pour fêter une seconde fois mon retour, elle a proposé que nous retournions au village à l'orée de la Forêt Noire, et nous avons pris le goûter dans la même charmante *Konditorei* où elle m'avait invité l'automne dernier. Ainsi, lui ai-je confirmé que j'avais passé plusieurs mois en Angleterre, mais que je n'avais pratiquement rien vu, ni de la capitale, ni de la campagne environnante. «C'est un voyage que j'avais préparé très longuement à l'avance, et dans la plus grande discrétion. Personne, ni ici, ni en Italie, n'en a connu le motif. Même à toi je n'ai pas voulu le dire, au risque de me faire changer d'avis. Il était essentiel que je me prenne en main seul, sans aucune influence extérieure, en dehors des médecins et de mon psychanalyste. La décision a été, je l'avoue, très difficile à assumer, et souvent j'étais torturé par le doute, mais me voilà, et une nouvelle vie commence, pour toi, pour nous deux.»

MOÏRA: Que voulait-il dire hier en s'exclamant: «Finie la tyrannie qui a duré vingt-cinq ans, terminée l'existence factice de Flavio, vive la résurrection, *God save the Queen*!»

Qu'est-ce que les Anglais ont bien pu lui fourrer dans la tête pour qu'il me sorte cette phrase? Leur ont-ils inoculé leur sens de l'humour? Ou il y aurait peut-être autre chose qu'il m'apprendra dans le proche avenir? Il continue d'éviter tout contact physique, et je ne parle même pas de rapports sexuels.

Sa nouvelle lubie est de me souffler des baisers de la paume de sa main, comme si en me touchant il craignait que je le contamine.

Tout de suite après le Nouvel An, Il est retourné travailler à la fabrique. Je ne crois pas l'avoir jamais vu aussi rayonnant, aussi énergique et aussi enthousiaste de ses nouvelles idées. Malgré sa longue absence, on lui offre même une promotion.

FLAVIO: Quelle poisse, cette administration! Et quelle humiliation! Ils m'ont soumis à des examens physiques et médicaux, très pointus, mais malgré la preuve, on ne peut plus tangible, j'ai dû subir en plus des interrogatoires à répétition, et cela dans différents bureaux, comme si les trois paires d'oreilles et d'yeux initiales ne suffisaient pas pour être convaincus. Si je ne voulais pas que les choses s'enveniment et retardent encore davantage la procédure, ma seule alternative était la patience et l'abnégation.

La seule note positive dans tout cela a été ma rencontre avec le professeur Hans v. K, que je vais d'ailleurs consulter régulièrement dans son cabinet à Heidelberg. Il n'a pas la froideur des autres, et de surcroît, non seulement il connaît Venise comme sa poche, mais nous conversons en italien, ce qui me permettra, je l'espère, de mieux pouvoir panser les blessures du passé. Je compte énormément sur ces séances, car la nouvelle va éclater – mieux vaut que cela se fasse le plus tôt possible, sinon c'est moi qui vais exploser – et se répandra comme une traînée de poudre. Je dois la vérité à Moïra, et la lui apprendrai dès ce soir. J'ai assez attendu, j'ai assez souffert en silence. J'entends déjà les sarcasmes et les remarques désobligeantes, ou pire, les insultes. La pâtissière de la Place de l'Église ne se privera pas de trompéter la nouvelle aux quatre coins de la ville, n'aime-t-elle pas répéter à qui veut l'entendre que tel ou tel autre est *unheimlich*? Bien entendu, à ses yeux, je ne pourrai être qu'un pervers sexuel, dont les bonnes gens, surtout ceux qui ont une famille, devraient éviter comme la peste. Quant au pharmacien – par ailleurs assez joli garçon, avec ses fossettes qui lui donnent un petit air espiègle – ne voudra-t-il pas, lui, prendre sa revanche, car je n'ai jamais répondu à la cour qu'il me faisait. Et comment réagira le libraire, avec qui j'avais des conversations intéressantes sur l'art moderne? Autant d'inconnues qui me feront passer des nuits blanches. Heureusement, outre le soutien que j'ai déjà de la part du professeur Hans, mon patron, le seul à qui j'avais annoncé le motif de mon éloignement temporaire – oui, j'ai oublié de le mentionner précédemment –, m'avait tout de suite mis à l'aise: «Tout ce qui compte pour moi est l'excellence de votre travail, le reste est votre affaire privée, et je n'ai pas à m'en mêler.»

Il m'avait même souhaité: «Bonne chance! C'est un artiste serein et plein de ressources que je veux voir revenir. Vous êtes le meilleur élément que la fabrique ait eu depuis des années, alors, pas de blague, hein!» avait-il conclu. Ce qui m'avait, bien sûr, fait chaud au coeur, et cela, en dépit de la distance qu'il mettait entre nous, car je ne pouvais le considérer comme un ami. Chacun devait rester à sa place, il tenait à cette hiérarchie, question de culture et d'éducation, par contre, j'avais en lui un allié indéfectible.

Moïra, ma Moïra, comment réagira-t-elle? Mon angoisse, ma crainte la plus grande.

MOÏRA: Nous venions de quitter le village, la main dans la main, «où seule la forêt pouvait nous parler des choses essentielles de la vie», m'avait-il expliqué, tout à coup très sérieux. Puis, arrivés sur le contrefort où ma *Coccinelle* était garée, surplombant la vallée, il m'a enlacée et m'a couverte de baisers passionnés, comme pour rattraper tout le temps qui nous avait séparés. À mon tour, je l'ai plaqué contre le tronc d'un arbre, mais j'ai senti, qu'à ce moment-là, ses muscles se sont tendus et, s'agrippant à mes épaules, il s'est mis à haleter. J'ai alors desserré mon étreinte.

« Ça t'a plu?» m'a-t-il ensuite demandé.

Un peu décontenancée, je lui ai répondu:

«Quelle question, je t'aime!»

«Pourras-tu partager ma vie, quoi que tu apprennes sur mon compte? Même si celui que tu as connu au début n'est plus le même? Je ne parle pas nécessairement de mariage, n'aie crainte», a-t-il fait, sur un ton presque de défi. Et soudain, me repoussant doucement, il a commencé à se dévêtir. «Regarde», m'a-t-il murmuré, d'une voix à peine audible et il a baissé son slip. J'ai réprimé un cri et me suis couvert la bouche. À la place de sa belle virilité, il n'y avait plus qu'une fente d'un rose violacé, encore cru, et j'ai tout de suite pensé à la croix peinte sur le sexe de la petite fille au-dessus de sa porte d'entrée. J'ai dû m'évanouir, car lorsque j'ai rouvert les yeux, il s'était rhabillé et me caressait les cheveux.

«Flavio, c'est fini», m'a-t-il alors dit, «Fiamma a pris sa place, c'est elle qui réside désormais sous la peau du garçon que tu as rencontré. Fiamma, comme une flamme éternelle, que je veux faire briller devant tout le monde, non pas la flamme du soldat inconnu, du souvenir, mais celle de ma renaissance!» Et il a ajouté, avec un léger tremblement dans sa voix, «Prends tout le temps dont tu as besoin pour décider si tu veux toujours de moi.»

Je me suis donnée six mois, durant lesquels je suis sortie avec d'autres hommes, pour essayer de l'oublier, pour gommer de mon esprit l'odeur de sa peau, l'écho de sa voix. Nous avons tous les deux respecté le pacte, qui était celui de nous éviter, que ce soit physiquement, par téléphone ou par courrier. Ça a été horrible. Pour lui, de se faire conspuer et de subir les pires moqueries d'une catégorie de gens aussi imbéciles que méchants – et nous continuons à clamer que nous sommes civilisés. Pour moi, sachant ce qu'il devait endurer et ne pouvant intervenir directement. Oh, je le défendais bien devant ces êtres méprisables que je côtoyais et qui, en croyant me faire plaisir, me félicitaient d'avoir quitté cet 'hermaphrodite'. Je me suis, évidemment, fait pas mal d'ennemis, car c'était moi qui maintenant, les abreuvais d'insultes.

Il n'y a plus de doute, c'est Flavio... Fiamma, que j'aime toujours, c'est de cet être exceptionnel dont j'ai besoin, et de personne d'autre, qu'il soit un homme ou non.

Notre amour est si puissant – car je sais qu'il... qu'elle est là à m'attendre, dans une souffrance insupportable – qu'il transcende même la notion de sexe. Et lorsque j'en aurai envie, et bien j'irai me satisfaire avec Stephan ou avec Berthold, car ces deux-là, des garçons fort sympathiques, du reste, ne m'ont jamais demandé autre chose.

Encore dix jours d'attente. Les dix jours les plus longs de ma vie.

FIAMMA: L'interview à la télévision a été l'idée de Moïra. Elle avait raison: une bataille ne suffisait pas, celle de notre intimité une fois gagnée, c'est celle de notre bataille qu'il va falloir mener. Nous avons dû élever le ton pour forcer les gens à nous respecter, et malgré l'hostilité qui persiste chez certains, je me sens aujourd'hui beaucoup plus forte. Cette ville est devenue la mienne autant que celle de Moïra, et nous y avons notre nid, à toutes les deux. Mais devait-elle leur dire sa tristesse et sa frustration de ne plus retrouver ma virilité – au début cela m'avait beaucoup gênée, voire franchement blessée –, j'imagine que oui, la vérité étant la meilleure garante de notre bonheur. Car, malgré ce manque, nous sommes terriblement heureuses ensemble.

CHAPITRE SIX

MEXIQUE: LA CROISÉE DES CHEMINS

L'AUTRE JOUR, J'AI REÇU LA VISITE D'UN VIEIL HOMME QUI prétendait être un ami d'enfance de feu mon oncle Ludwig, cet oncle que j'aimais tant et qui avait, je le croyais alors, dans ma naïveté enfantine, caché Fabio dans la mansarde, afin de le soustraire aux dangers de la guerre. Je n'ai compris que beaucoup plus tard, je le répète, que cet oncle avait séquestré, puis abusé du petit garçon, et qu'il était, ce qu'on appelle aujourd'hui un pédophile.

Le vieillard, qui se prénommait Rudolf – il devait avoir quatre-vingts, peut-être même quatre-vingt-cinq ans – était émacié, de taille moyenne, et portait des cheveux mi-longs soyeux, d'une blancheur éclatante, qui contrastait avec son costume sombre et ses chaussures vernies. Il était assez méticuleux pour un homme de cet âge, et exhalait un parfum subtil mêlé de lavande et de fleurs séchées.

«Votre oncle me parlait souvent de vous», me dit-il, «et comme je suis venu à Heidelberg pour faire un dernier adieu à ma vieille cousine, j'ai cherché, à tout hasard, votre nom dans l'annuaire, car je me souvenais que votre famille habitait la région. J'ai eu la chance de vous trouver, étant donné que je réside loin, dans l'est, près de Dresde, et que je ne voyage pratiquement plus.»

Il a tout voulu savoir de moi, où j'avais passé ma jeunesse, si ma mère vivait encore, ce qui m'avait poussé à devenir psychanalyste, si j'étais marié et si j'avais des enfants, mais en contrepartie il ne me dit pratiquement rien de lui, sauf qu'il passait le reste du temps que Dieu lui accordait 'à jouer à l'aquarelliste, activité agréable ne demandant pas trop d'effort physique'. Je lui appris que ma mère était morte d'une leucémie quelques mois après mon retour des États-Unis où j'avais étudié la psychanalyse, et que j'avais épousé une Américaine, rencontrée très brièvement à New York, la dernière année de mon séjour là-bas – c'était elle qui m'avait appris que Feyen, mon premier amour, avait été envoyée en Californie par son père, furieux de notre relation –, que je l'avais donc perdue de vue, pour ne la retrouver que trois décennies plus tard, par le plus grand des hasards, durant un congrès médical à Buffalo. Que nous avions un petit garçon de dix ans. Mais je ne lui dis pas que notre mariage était chancelant et qu'elle avait l'intention de divorcer, et bien sûr, je ne dévoilai rien à propos de Fabio, que mon oncle avait soi-disant pris sous sa protection.

Je l'ai ensuite invité à prendre un café dans une *Konditorei* près de mon cabinet, où nous pouvions poursuivre notre conver-sation dans une atmosphère feutrée, plutôt que dans l'animation d'une brasserie fréquentée par les étudiants. Car c'était moi, à présent, qui voulais connaître les détails concernant mon oncle, quels souvenirs Rudolf en gardait, quel genre de père il était devenu, et s'il l'avait vu durant les années de guerre.

Au début, il me laissa dans la conviction que mon oncle avait été tué lors d'un bombardement aérien, ce dont ma mère était également persuadée. Mais comme je le pressai de me dire quand et dans quelles conditions ils s'étaient revus la dernière fois, il se mit à tousser. Je croyais d'abord qu'il avait avalé de travers son morceau de gâteau et lui fis boire un peu d'eau, mais dès qu'il s'était calmé et que je le questionnai à nouveau, il eut un geste d'énervement et bafouilla quelque chose qui m'échappa. Je lui demandai de répéter ce qu'il venait de dire. C'est alors, un peu excédé – car il s'était senti pris au piège, malgré lui –, qu'il m'avoua que l'oncle Ludwig était encore vivant et qu'il habitait en Amérique Latine. En fait, c'était à la demande de ce dernier, que Rudolf était parti à ma recherche, l'oncle Ludwig ayant soudain ressenti, dans son grand âge, l'impérieux désir de savoir ce qu'il était advenu de son 'neveu préféré'.

«Mais pourquoi seulement maintenant,» demandai-je à Rudolf, «puisqu'il prétendait tant m'aimer?»

«Par pudeur, sans doute,» répondit le vieil homme.

«Ou pour oublier un passé qui lui pesait trop?» aventurai-je.

«Peut-être a-t-il voulu, comme nombre d'Allemands, réfugiés dans le Nouveau Monde, tirer un trait sur une sombre période, ce qui est assez compréhensible», fit Rudolf.

« Étiez-vous, vous aussi, inscrit au parti nazi?» le questionnai-je, cette fois, l'oeil presque mauvais.

Il se rebiffa, puis me révéla que, contrairement à mon oncle, pour qui il continuait d'avoir beaucoup d'affection, il désapprouvait totalement la politique de Hitler, mais qu'il n'avait pas eu le courage, comme les généraux conspirateurs dont l'intention était de l'éliminer, de se rebeller ouvertement. «Malgré nos désaccords en politique», ajouta-t-il, je persiste à dire que votre oncle était et reste un homme foncièrement bon.»

Je ne relevai pas la dernière partie de sa remarque, car il me venait à moi aussi, tout à coup, l'impérieux désir de retrouver cet homme et de le questionner sur le sort qui fut réservé à Fabio, 'notre mascotte', comme il l'a appelé, dans son dernier mot qui m'était destiné. Oui, je brûlai tout à coup de revoir l'oncle Ludwig, après toutes ces années. Dans la rue, nous ne nous reconnaîtrions sans doute plus; ce n'était pas la curiosité qui m'animait, de savoir comment cet homme avait vieilli, ni quels traits il avait à présent, mais le besoin qu'il me parle de Fabio et de la manière dont il s'en était séparé.

Rudolf m'apprit que l'oncle Ludwig s'était d'abord réfugié en Argentine, qu'il ne s'était jamais marié, qu'il y avait été agent immobilier, puis courtier, et que, sans être riche, il vivait confortablement. Au moment de la retraite, et à la faveur d'un voyage au Mexique, il était tombé amoureux de ce pays et finit par s'installer à Oaxaca, une petite ville située à l'est du pays. Il me dit aussi que mon oncle l'avait invité, d'abord en Argentine, puis au Mexique, et qu'il y était allé quatre fois. Mon oncle lui aurait proposé de vivre avec lui à Oaxaca, mais, en dépit de la beauté de l'endroit, Rudolf ne se faisait pas au climat tropical. Je crus comprendre, entre les lignes, que les deux hommes avaient été amants, déjà dans l'entre-guerre, mais que Rudolf partageait sa vie avec quelqu'un à Dresde. Lorsque je lui demandai s'il pouvait me donner l'adresse de mon oncle, il eut un mouvement de recul, puis me dit: «Il avait une réelle affection pour vous, mais je ne pense pas qu'il soit prêt pour une telle rencontre, le choc serait... dévastateur, enfin, c'est l'impression qu'il ma donnée, même si ses souvenirs l'ont rattrapé.»

Il me vint alors à l'esprit une idée incroyablement audacieuse, et sans lui montrer le trouble qu'elle causa en moi, je lui dis, très doucement, comme si je lui révélais un secret que l'on ne devait pas répéter:

«Rudolf, on m'a diagnostiqué, un peu tard – c'est malheureusement de ma faute, car j'ai la mauvaise habitude de ne consulter qu'en dernier ressort – un cancer de la prostate. Le hasard a voulu que je sois marié à une Américaine originaire du Mexique et que nous avions l'intention, elle, mon fils et moi, de passer les prochaines vacances dans le pays de ses ancêtres. Ce sera le dernier voyage que je pourrai entreprendre avant mon opération, qui, selon l'avis des médecins, n'a qu'une chance sur trois de réussir.»

«Oh, mon Dieu, je suis désolé», s'exclama le vieil homme, sincèrement ému.

«Je vais faire ce que je peux pour convaincre Ludwig, mais sans vous promettre qu'il acceptera, car il est très têtu, vous savez. De son passé, je suis la seule personne qu'il veuille encore voir, et il a toujours refusé de parler des gens que nous avons connus à cette période, qu'il s'agisse d'anciennes connaissances, voire même de ma famille ou de la sienne. À l'exception de vous, et cela, seulement tout récemment. Quant à vous rencontrer?» répéta-t-il, d'un air soucieux, «c'est autre chose, mais bon, peut-être qu'en lui apprenant la mauvaise nouvelle... oh là là que c'est triste! je pourrai sans doute le persuader.»

L'intercession de Rudolf a réussi, et quelques jours après notre premier entretien, il est venu me donner l'accord de mon oncle: celui-ci nous recevrait à Oaxaca lors de notre prochain séjour au Mexique. J'ai, bien entendu, annoncé à Dolores et à notre fils, que mon prétexte n'était qu'un subterfuge, et que par conséquent, ils devaient eux aussi feindre que j'étais atteint d'un cancer.

FABIAN: Mon Dieu, dire que ce voyage en famille pourrait être le dernier. Maman dit que c'est surtout pour moi qu'elle a accepté de le faire, pas pour Papa. Que déjà l'hiver dernier, elle avait pris la résolution de divorcer. «Ce sera dur pour nous trois», m'a-t-elle expliqué, «mais en dépit de tout l'amour que j'ai pour toi, mon Fabian, je ne vois pas d'alternative. J'ai fait de mon mieux pour que cela marche entre nous, ces trois dernières années, mais chaque jour cela devient pire.»

L'idée de cette séparation me fait si peur. C'est vrai, Papa a ses caprices, mais il a aussi des patients qui sont difficiles, parfois même il les accompagne dans leurs épreuves, surtout lorsqu'il s'agit d'étrangers. Alors, il a besoin de solitude, de s'échapper du cocon familial, se justifie-t-il, pour recharger ses batteries et revenir avec de nouvelles idées. Mes copains le trouvent étrange, parce que, de temps en temps, il disparaît de la circulation, mais toujours, il nous revient de ses escapades, aussi affectueux et plein d'entrain, nous rapportant de jolis cadeaux, pour, dit-il, se faire pardonner. Je m'y suis habitué, et Maman aussi, du moins, je le croyais.

DOLORES: Comme j'abhorre ces long trajets en avion! Vraiment, la compagnie Aeromexico ne pouvait-elle pas relier directement Munich à Mexico, pour qu'on doive faire escale à Madrid? Et qu'est-ce qui nous attendait là-bas, une foutue grève du zèle, qui nous a retardés de cinq heures! Du calme, Dolores, du calme, car tu avais promis à ton fils adoré que ce séjour au pays de ses ancêtres serait merveilleux. Ravale donc ta morgue, fais-le pour lui!

HANS: Peut-être que ce retour aux sources lui fera du bien et qu'elle changera d'avis. La minute où elle s'est adressée au steward en espagnol, ses yeux se sont allumés, comme deux obsidiennes. Elle a beau se réclamer de sa culture étasunienne, c'est son héritage aztèque qui m'a toujours fasciné. Si Fabian n'avait pas autant insisté que nous nous rendions au Mexique, elle n'y serait sans doute jamais retournée. Que s'est-il passé dans son enfance qui ait pu provoquer une telle répulsion? Jamais elle n'a voulu me le dire, comme s'il s'agissait d'un sujet tabou. Dolores *de mi alma*, cela fait des siècles que je ne l'appelle pas ainsi.

FABIAN: Madrid, ah Madrid! Je me sens comme un Christophe Colomb de l'ère spatiale, prêt à m'embarquer pour le Nouveau Monde. Moi, ce retard me plaît énormément, d'abord, il y a ces boutiques de l'artisanat espagnol, et puis j'adore quand Maman parle sa langue maternelle, elle me fait penser à ces vieux films que Papa aime tant nous passer, où Ava Gardner et Rita Hayward jouaient les bohémiennes et se mettaient à danser au son des castagnettes...

HANS: Fabian est si excité, si enthousiaste, que c'en est contagieux. Il ne veut rater aucune excursion, aucun événement folklorique. Il a réussi à rendre Dolores radieuse. Elle m'a toutefois averti qu'elle ne voulait absolument pas revoir, ni renouer avec aucun membre de sa famille. «J'ai coupé net nos relations au moment où je les ai quittés pour immigrer aux États-Unis. De toute façon», m'a-t-elle répété, «je n'ai plus rien en commun avec ces gens-là, alors n'insiste plus.» C'est triste et bien regrettable, car je suis sûr qu'ils ne demanderaient pas mieux de nous recevoir et de faire la fête, après ces retrouvailles avec Dolores. Quelle meilleure façon de découvrir un pays que de se laisser guider par sa propre famille! Elle n'avait que treize ans lorsqu'elle avait fugué du Mexique pour rejoindre, à San Diego, la seule tante en qui elle avait confiance, et qui l'a hébergée. Celle-ci avait eu la chance d'épouser un homme bien, qui s'était fait tout seul, à force de travail et d'ingéniosité. À part la langue, elle a tout fait pour radier de sa mémoire la famille restée au pays, qu'elle qualifiait de *maldita* (maudite), les rares fois que je voulais lui en parler, afin de lever le secret. Et c'est la Yankee qui prévaut en elle, avec tant d'insistance, que cela sent la revanche.

DOLORES: Ces fresques de Diego Rivera au Palais National m'ont bouleversée, et cela n'a rien à voir avec une quelconque nostalgie familiale. C'est tout le drame d'une nation qu'il a su exprimer et qui soudain m'affecte comme si j'avais côtoyé ces personnages dans l'intimité. Aurais-je été aveugle jusqu'à ce jour? Jamais encore je n'ai ressenti autant de haine envers ces explorateurs espagnols qui ont martyrisé mon peuple, jusqu'à éradiquer leur civilisation. Et si les missionnaires avaient sauvé les rescapés d'une mort certaine, c'était pour mieux les asservir, en les convertissant au catholicisme. Merci l'Inquisition!!!

Comme les Juifs avec les nazis, et bien avant eux, bon nombre de mes ancêtres se sont laissé mener à l'abattoir. Pour ceux qui en ont réchapper, s'agissait-il de masochisme, d'hystérie collective ou d'immolation? Ou plutôt d'instinct de survie, à l'instar des marranes (ces Israélites de la même époque qui se laissaient christianiser, en jurant de renoncer à la foi mosaïque)? Je ne suis pas devenue athée pour rien. D'ailleurs la 'superbe' Basilique de Santa Maria de Guadelupe m'a laissée de marbre. Soi-disant, après l'arrivée de Cortès, un Indien aurait vu apparaître la Vierge. On nous a dit que l'église était en train de s'enfoncer dans la glaise, mais j'ai refusé de donner ne fût-ce qu'un seul peso pour sa restauration. Qu'elle disparaisse donc sous terre, les miens en seront vengés.

FABIAN: J'ai adoré la traversée en barque dans les jardins flottants de Xochimilco. Et en plus, Papa nous a payé un orchestre de *Mariachis* pour qu'ils rendent le trajet joyeux. Nous avons ainsi piqueniqué en musique. Maman avait l'air de bien aimer, elle aussi, mais lorsque Papa a voulu mettre un bras autour de son épaule, elle s'est raidie et l'a repoussé. Ah ces adultes, qu'est-ce qu'ils peuvent être méchants l'un avec l'autre et rancuniers! Ils sont pires que nous, les enfants, car nous, nous oublions vite.

DOLORES: Il essaie de m'avoir à la bonne, et utilise notre fils, pour, croit-il, m'amadouer, mais je ne céderai pas. Nous n'aurions jamais dû nous marier. J'en suis, bien sûr, en partie fautive. Nous nous étions connus à l'université, et tout était nouveau pour moi, d'abord Heidelberg, avec son aspect terriblement romantique, son imposant château, son vieux pont enjambant le Neckar, ses légendes médiévales, les fantômes de ses grands écrivains, les manières policées de ses habitants, et au milieu de cet écrin enchanteur – image enjolivée de la vieille Europe –, il y avait ce grand garçon blond, plein de charme et si prévenant. Oui, je suis tombée amoureuse de lui, mais comme on tombe amoureux d'un beau tableau, et j'étais certaine, qu'une fois rentrée au pays, cela s'estomperait. J'avais raison, du moins au début, car, de retour en Amérique, je me suis replongée dans cette vie californienne de plein air, tellement moins affectée, retrouvant mes habitudes et mes amis, et j'ai tout de suite trouvé un travail qui me plaisait. Mais c'était sans compter avec ce que la première visite de Hans à San Diego, l'année suivante, aurait eu pour conséquence. Hans et moi continuions de correspondre – nous étions devenus de bons amis –, et c'était moi qui lui avait lancé l'idée de venir faire un tour sur la côte ouest des États-Unis.

Mes copines étaient fascinées par ce jeune Allemand, par sa prestance, ses manières raffinées, et son érudition. Elles n'avaient pas tort, il avait bien ces qualités, mais l'herbe n'est-elle pas toujours plus verte ailleurs? J'allais le découvrir après notre mariage. Cela fait maintenant douze ans que nous sommes ensemble, mais je ne me suis jamais réellement faite à cette culture étriquée, à cette ville, certes bien jolie et un peu folklorique, qui, si vous avez cessé d'être étudiant, n'accepte aucun écart, aucune attitude qui ne se plie aux règles de la bienséance et de la *Gemütlichkeit*. Et même si Hans était un homme ouvert, ayant beaucoup voyagé et ayant même vécu plusieurs années en Italie avant notre rencontre, une fois rentré chez lui, à Heidelberg, il s'y coulait comme dans un moule et reprenait ses postures de bon Allemand, avec tous ses tics. Seulement, voilà, le masque qu'il portait se craquelait rapidement et avec régularité, et pour ne pas, lui-même, perdre pied, il nous quittait pour quelques jours, avec le prétexte qu'il devait s'occuper à plein temps de l'un ou l'autre de ses jeunes patients en difficulté. Ou bien il avait des méthodes peu déonto-logiques dans sa manière de pratiquer la psychanalyse, ou alors il mentait, mais lorsqu'il nous retrouvait, c'était avec bonne humeur et les mains pleines de cadeaux. Contrairement à moi, Fabian n'a, fort heureusement, pas souffert des absences de son père. Mais assez c'est assez, je n'ai plus la force de continuer ainsi et je ne veux plus me sacrifier. Fabian a l'âge de comprendre et il restera toujours sous ma protection.

HANS: Dans l'avion, c'est à peine si elle m'adressait la parole, et le plus souvent, pour se plaindre. Elle s'est radoucie, ça me réchauffe le coeur. La présence de Fabian et sa joie enfantine y sont pour beaucoup.

Je n'ai jamais beaucoup apprécié la peinture de Diego Rivera. Je le mettrais plutôt dans la catégorie des illustrateurs, sa patte est un peu trop grossière à mon goût, mais son réalisme a l'air de plaire aux masses. Par contre, le musée archéologique de Mexico m'a plus qu'enchanté. Chacun de ces joyaux précolombiens a une histoire dont le mystère en rehausse la valeur esthétique. Quel modernisme dans ces formes! Entre parenthèses, il faut féliciter les préposés au Ministère de la Culture de les avoir si bien mis en valeur. Ils pourraient nous donner des leçons. Et que dire de ce monumental calendrier aztèque, qu'ils appelaient la Pierre du Cinquième Soleil! C'est bien plus qu'un Livre des Jours ou un Livre des Saisons, car il englobe le cosmos, un véritable chef-d'oeuvre, tant dans ses symboles que dans sa précision mathé-matique. Je passerais bien une autre journée dans ce musée. Mais nous avons tant d'autres sites et de paysages à découvrir.

Et demain, à la première heure, je vais contacter mon oncle, pour prendre rendez-vous lors de notre prochain passage à Oaxaca. Dieu que je suis impatient qu'il me parle de Fabio. Mais je ne dois rien laisser paraître, car si je l'avais mentionné, il y a longtemps, à Dolores, sans trop lui donner de précisions, je ne suis jamais revenu sur le sujet; je pense d'ailleurs qu'elle a oublié 'l'anecdote'. Notre fils n'a, bien entendu, pas à connaître ce pan de ma vie. Ça le perturberait.

FABIAN: Ces énormes statues sont effrayantes, surtout celles du Chaac Mool, le dieu de la pluie des Mayas. Il faut vraiment être dérangé pour se mettre à offrir en sacrifice des coeurs humains encore palpitants! J'en aurai des cauchemars toutes les nuits maintenant. Elle est peut-être intéressante leur civilisation, mais je n'aurais certainement pas aimé vivre en leur compagnie. Maman justifie leurs coutumes en argumentant qu'ils avaient leurs propres lois et que celles-ci étaient très compliquées, elle prétend même que les colonisateurs espagnols étaient bien plus cruels et que ces derniers ont tué des milliers d'Indiens au nom de la Sainte Inquisition. Ils n'épargnaient ni les femmes ni les enfants. Si j'ai bien compris, à cette époque ils étaient tous, Aztèques, Européens, Arabes, Africains ou Chinois, plus sauvages les uns que les autres.

Je ne sais pas si c'était pour le provoquer, mais Maman s'est alors tournée vers papa et lui a lancé: «Vous, les Allemands pendant la dernière guerre mondiale, vous avez dépassé tout ce que les hommes ont inventé en horreur et en cruauté.» Il l'a regardée, éberlué.

Elle n'aurait pas dû lui parler ainsi, Papa n'était alors qu'un enfant, je le lui ai d'ailleurs dit tandis que nous marchions près des ruines de Chapultepec. Cha-pul-te-pec, Chac Mool, Te-ho-ti-hua-can, J'aime bien la sonorité de ces noms. Elle devait être bien jolie leur langue.

DOLORES: Il a raison, mon petit Fabian, il faut que je me raisonne et que je cesse de rabrouer son père en sa présence, ça lui fait de la peine. Qu'est-ce qu'il est sensible, mon fils, et tellement perceptif! Là, il tient un peu de son père. Heureusement qu'il se tourne vers les maths et l'informatique, cela équilibrera ses penchants pour la musique; à la rentrée, nous allons lui offrir des leçons de flûte, puisqu'il en a envie. Ça le distraira un peu, je l'espère, de l'épreuve que nous aurons à affronter. Mon Dieu, comment va-t-il prendre cette séparation? Je devrai m'armer d'une force pour trois. De toute façon, il aura le loisir de voir son père aussi souvent qu'il le voudra.

HANS: Hier dans la nuit, j'avais une telle envie de lui faire l'amour. J'aurais pu, car elle dormait à poings fermés. Je me suis approché d'elle, admirant sa poitrine qui se soulevait au rythme de sa respiration, puis je l'ai effleurée des lèvres, soufflant délicatement sur la nuque. Baisers volés! La frustration m'a transformé en chapardeur.

Têtus, nous le sommes tous les deux, mais à présent, c'est elle qui détient le record de l'obstination, alors qu'au début de notre mariage, elle était la plus flexible. Serait-ce ses études d'ingénieur électronique, et la carrière qui a suivi, durant les quatre premières années, en Californie d'abord, ici ensuite, qui ont pu la durcir de cette manière? Ou avait-elle déjà grandi avec cet esprit structuré comme un ordinateur? Ah, les merveilles de la haute technologie, elles ont pratiquement robotisé son cerveau. Et dire que je l'avais poussée dans ce sens après l'avoir vu utiliser ces luxueux gadgets de l'informatique avec une telle boulimie et une telle dextérité, que l'on aurait juré qu'elle avait fait cela toute sa vie, et qu'elle en connaissait tous les tenants et les aboutissants, au point de pouvoir remettre à leur place d'origine les éléments d'une machine désossée. J'aurais pu avaler ma langue. Elle a inoculé le virus à Fabian, mais avec la différence que notre fils chéri a également un côté artistique, ce qui, je prie, le sauvera de l'esclavage des machines.

À présent, je devrai me faire à la solitude, non à celle que je choisis, mais à celle qu'elle va m'imposer. Qui dois-je plaindre le plus?

FABIAN: Papa et moi avons escaladé les marches de la Pyramide du Soleil, ça n'en finissait plus, mais arrivés au sommet, tout essoufflés que nous étions, nous sommes restés la bouche ouverte, tant la vue était magnifique. Tous ces temples à nos pieds ressemblaient à de splendides maquettes en pierre, disséminées au milieu de la verdure. Après être redescendus et avoir rejoint Maman en bas, nous avons marché des kilomètres. D'après les tableaux et les reconstitutions du musée, je me suis mis à imaginer cet endroit grouillant de vie, une véritable fête en Technicolor, avec d'énormes serpents sculptés en relief sur les murailles, des fanions dans les teintes les plus vives, plus beaux que des totems, et qui claquent au vent avec la fureur de cent petits coups de tonnerre, des gardes couverts de ponchos ornés de motifs géométriques, et portant sur leurs têtes de splendides couronnes en plumes d'oiseau, qui veillaient sur une foule aux mille couleurs, d'artisans, de marchands de poteries ou de choses à manger, de gens curieux et d'acheteurs potentiels, tout ce monde, allant et venant tout doucement, comme dans un film au ralenti. Je me suis alors demandé pourquoi on ne rendrait pas à tous ces incroyables bâtiments, les couleurs d'autrefois, en les faisant repeindre dans les ors, les rouges brillants, les bleus profonds et toute la gamme des verts que la nature ici offrait, telles que je les ai admirés sur les peintures du musée. Ne pouvait-on pas également transformer les grands espaces tout autour en aires de jeux?

Lorsque nous étions encore en haut de la pyramide, Papa m'avait soudain lancé:

«Une fois que nous serons rentrés à Heidelberg, que dirais-tu de partager tes séjours tantôt chez moi, tantôt chez Maman, ceci, bien sûr dans le cas où Maman insisterait que nous divorcions?» J'avais déjà pensé à cette possibilité, mais je la chassais aussitôt de mon esprit, car rien que le fait de me la répéter me rendait malade. Je m'étais mis alors à trembler, et voyant que le sujet me causait tant de peine, il passa tout de suite à autre chose. Je voulais lui crier que la situation pouvait encore s'arranger, qu'il fallait qu'ils se réconcilient.

DOLORES: Il m'attire physiquement, je ne peux le nier. C'est encore un merveilleux amant, et malgré ses quelques rides et son front légèrement dégarni, il a gardé ce charme irrésistible de jeune mâle à la fois goulu et attentionné. Mais si je n'écoutais que mon instinct, je ne nous rendrais pas service, ni à moi, ni à lui, et nous replongerions dans l'impasse. Qu'elle est dure cette bataille entre le désir et la raison!

Le père et le fils ont une connivence qui fait plaisir à voir. Durant un quart d'heure, à Teotihuacan, j'ai cru que je les avais perdus et je commençais à paniquer, lorsque la voix de Fabian s'est fait entendre au loin. Il a surgi d'une ruine tandis que Hans restait caché à quelques mètres derrière les fourrés. Une minute après, celui-ci a bondi devant son fils, et les rires ont vite éclaté, résonnant dans l'espace environnant.

De notre entretien chez le pédopsychiatre, il a retenu principalement une phrase, et qu'il répète à l'envi: «Votre fils doit aussi vous donner de la joie.»

Mais dès que Fabian avait un problème, Hans disparaissait, sous prétexte qu'il ne pouvait voir son fils souffrir. Même de l'entendre tousser la nuit, à cause d'une simple bronchite, le faisait frémir. Que lui était-il donc arrivé, petit, pour qu'il garde une telle phobie en ce qui concerne les enfants, son propre enfant? Et dire qu'il s'occupe de jeunes adolescents ayant des difficultés bien plus graves!

De toute façon, il s'est toujours senti à l'étroit avec nous et, plus d'une fois, n'avait-il pas insinué que la vie de famille lui pesait. Je m'étais même habituée à ce qu'il s'absente quelques jours par mois, pour 'la bonne cause'. À la rigueur cela peut se comprendre, même si au début je le soupçonnais de me tromper. J'ai finalement appris, par deux de ses plus proches collègues, qu'il aidait effectivement des jeunes patients à reprendre confiance en eux, en passant un ou deux jours en leur compagnie, se substituant ainsi à un père qui les avait soit malmenés, soit quittés.

Et lorsque je lui ai annoncé que je voulais divorcer, il est devenu blanc comme un linge, puis, le premier choc passé, il m'a prié de bien réfléchir, de ne pas prendre une décision aussi radicale sur un coup de tête qui rendrait trois personnes malheureuses. Mais quand je lui ai dit que c'était tout réfléchi, il a rétorqué, sur le ton de la raillerie:

«Voilà bien l'Américaine matérialiste qui retrouve son féminisme castrateur, jetant son conjoint aux ordures comme un vieux frigo.»

HANS: Depuis la *Posada de la Misión*, où nous logions, la vue de Taxco m'a époustouflé. Le soleil commençait à se coucher, et tandis que les montagnes ployaient leurs ailes sombres et bleutées autour de la vallée, tels ces aigles immenses peints par Magritte, la cité minière s'embrasa comme dans une vision d'apocalypse. Puis, dans l'espace de quelques battements de cils, une cape fuligineuse tomba du ciel et couvrit la ville, étouffant l'incendie instantanément. Et en moins de cinq minutes, sous la nuit étoilée, la cape se mua en un voile de guipure qui se mit à scintiller de mille feux, rivalisant de splendeur avec les astres du firmament. Comme par réflexe, devant tant de sereine beauté, je frottai ma cuisse contre celle de Dolores. Elle ne me repoussa pas. Je me sentis soudain aussi maladroit qu'un adolescent et attendis un signe de sa part. La peau de mes lèvres se rétrécit et devint terriblement sèche, tandis qu'une brise légère balaya son parfum dans ma direction. Mais elle, elle restait droite, assise sur sa chaise en rotin, le regard figé sur l'horizon. Je ne peux pas croire qu'elle ne ressent plus de désir pour moi.

DOLORES: Il a insisté pour que je l'accompagne chez un orfèvre qu'il avait rencontré plus tôt dans la matinée. Celui-ci m'a montré un épais collier en argent avec un extraordinaire pendentif sculpté dans du lapis-lazuli, ma pierre favorite, de la taille d'un oeuf, et dont le motif était le visage d'un guerrier aztèque ornée d'un casque à tête d'aigle.

«Cette pièce, unique, a gagné le prix de la meilleure création, cette année.» m'annonça le bijoutier, non sans fierté. «Cela m'a pris plusieurs jours, et même quelques nuits, pour le façonner, car dans la fièvre du travail, je ne pouvais plus m'arrêter.» poursuivit-il.

Mais lorsque je refusai le cadeau, Hans se mit à blêmir.

«Accepte-le, je t'en supplie», dit-il d'une voix enrouée, «c'est pour toi que je l'ai acheté, d'ailleurs j'ai déjà versé un acompte.»

L'orfèvre, un peu dépité par ma décision, ouvrit de gros yeux, puis, hochant la tête, et sans dire un mot, fit le geste de me passer le collier au cou; je le laissai faire, après quoi il s'exclama: *Caramba, Señora, a Usted queda perfecto, es una maravilla, de verdad .»*

Je fis oui de la tête, mais lui rendis le bijou. Il devait croire que j'étais une de ces bourgeoises *gringa* blasées ou capricieuses. Je le remerciai et sortis de l'atelier, rappelant à Hans de me rejoindre au *zocalo*, la petite place qui se trouvait à une centaine de mètres de notre *posada*, où j'avais laissé notre fils devant un choeur d'enfants indiens, qu'accompagnaient des danseurs zapotèques en habits d'apparat. Je laissai ainsi derrière moi les deux hommes se débrouiller dans le malaise que j'avais déclenché; néanmoins, je ressentis une petite pointe au coeur, car dans d'autres circonstances, j'aurais aimé posséder un si beau bijou.

FABIAN: Papa n'a pas desserré les dents de toute la soirée. Ou bien il est déprimé ou il s'est encore disputé avec Maman. Il s'est retiré dans sa chambre en prétextant qu'il n'avait pas faim et nous a souhaité bon appétit. Au dessert Maman m'a murmuré:

«Ça ne va vraiment pas bien entre Papa et moi, tu le sais, et ça n'ira pas en s'améliorant, mais je t'en prie, mon chéri, c'est une affaire d'adultes et tu n'as pas à t'en sentir coupable, de quelque manière que ce soit.» Sur un ton plus léger, elle suggéra que nous allions voir un film comique de Mel Brooks qui se jouait dans un cinéma au zocalo. Comme je raffole de cinéma, j'ai poussé un *oooouuui* un peu trop enthousiaste. Pourvu que Papa se sente mieux demain.

HANS: Qu'elle aille au diable! Le collier, je l'offrirai à mon assistante Brigit, elle au moins appréciera. Elle est grande et plantureuse, il lui ira bien. Après tout, elle le mérite, car cela fait près de dix ans qu'elle travaille à mes côtés, d'une manière impeccable; d'autre part, il n'y a jamais eu d'ambiguïté entre nous, elle a ses petits amis, dont elle change d'ailleurs assez régulièrement. Le jour où Dolores verra ce bijou au cou de ma secrétaire, elle rira jaune, d'autant qu'elle a toujours été un peu jalouse de notre complicité.

Mais est-il possible de gommer ainsi douze ans de mariage? Je ne peux m'y résoudre. Oh là là, je sens que mes nerfs vont craquer, où ai-je ranger les tranquillisants?

FABIAN: À cause de sa forte migraine – là, il n'inventait pas d'histoires, il n'avait pas bon teint –, Papa ne nous a pas accompagnés pour la longue excursion d'une journée qui nous a conduits à Mitla et au Mont Alban. Il a préféré se reposer à Oaxaca et parcourir la ville à son aise. Encore une demi-douzaine de sites archéologiques à visiter. Ouf, j'ai assez vu de ruines comme ça! Vivement qu'on aille à Cancun, là-bas, il y a la plage et la mer, et les repas que l'on peut prendre en plein air.

HANS: Ces quelques heures de sommeil ce matin m'ont fait beaucoup de bien.

Demain, après une éternité, mon oncle Ludwig et moi nous retrouverons. Quelle émotion!

Mais cet après-midi m'appartiendra à moi tout seul, sans rendez-vous, sans contrainte.

Oaxaca d'or et de jade, joyau du Mexique. Tout ici m'apaise et me réjouit à la fois.

L'harmonie des ocres et des pastels, l'église baroque de Santo Domingo, avec son cloître, renfermant les trésors du Mont Alban, le zocalo, avec son kiosque à musique, et au joli dôme couleur terre de Sienne, ses lourds bancs en fer forgé, ses splendides massifs de bougainvilliers fuchsia, rouges et orangé, et tout autour, ses terrasses de café.

Mais c'est surtout cette population indienne et *mestiza* qui m'émeuvent le plus. Malgré leur pauvreté et les récentes épreuves, ils ont toujours cet air digne et tranquille, je dirais même *zen* – c'est vrai qu'ils ont quelque chose d'oriental dans leurs traits, dans leur attitude, les historiens ne nous répètent-ils pas qu'ils auraient émigré d'Asie il y a quelques millénaires?

Ai-je dit que tout ici m'apaisait et me réjouissait? Qui peut imaginer qu'il y a deux ans à peine, les barons de la drogue se livraient bataille ici, que des cadavres jonchaient la place et les rues avoisinantes, et que les nuits étaient ponctuées de coups de feu, jusqu'à ce que le nouveau gouvernement vienne y mettre un terme – mais jusqu'à quand? Situation surréaliste, ou alors les dieux mayas nous protègent-ils? Plus aucune trace de sang ni de violence quelconque. Regardez ces visages souriants ou impassibles, ces silhouettes, se glissant entre les portes comme d'aimables fantômes! Et à Mexico, juste devant notre hôtel, n'y avait-il pas deux maisons effondrées à cause du tremblement de terre d'il y a trois mois? Oui, Quetzalcoatl, le dieu-serpent, doit veiller sur nous. Et si tel est le cas, qu'il intervienne afin que Dolores se ravise et que je retrouve enfin Fabio, dont le souvenir a imprégné toute ma vie.

M'abritant sous la voûte d'une allée de flamboyants, d'où filtrait la lumière d'un soleil féroce, qui dessinait des taches mouvantes et pommelées, une idée folle m'a traversé l'esprit, tandis que je me promenais dans la ville haute, à cette heure encore chaude: et si je m'installais à Oaxaca!

FABIAN: Ces danseurs zapotèques sur la place du zocalo étaient bluffants. Je les aurais regardés jusqu'au bout de la nuit. Ils avaient le torse et les jambes nues. Ils portaient les mêmes splendides plumes multicolores de *quetzal* autour de leur tête et de leurs chevilles. Comme les mannequins grandeur nature que nous avions vus au musée anthropologique à Mexico. Le garçon qui frappait sur son tambour devait avoir mon âge, et chaque fois qu'il tournait son regard dans ma direction, je lui souriais, mais ses yeux à lui restaient fixes, comme s'ils appartenaient à quelqu'un d'autre et non à ce petit musicien dont les bras malingres s'agitaient avec la force d'un diable, dans un rythme lancinant.

Après une heure de cet incroyable spectacle – il y avait là plus d'admirateurs mexicains, jeunes et vieux, que de touristes ,- je suis allé avec Papa au *mercado*, qui prenait toute la largeur d'un pâté de maisons; celui-ci était heureusement abrité sous d'épaisses bâches, car même tard dans l'après-midi, le soleil continue de taper méchamment.

Nous avons d'abord fait les étals de fruits et de légumes; j'ai adoré. Il fallait voir ces mangues énormes, ces papayes et ces goyaves, ces noix de coco coupées en deux, ces pastèques, grosses comme des ballons de football, et ces régimes de bananes qui faisaient la moitié de ma taille. Et puis, à côté, toutes ces épices, rangées dans des casiers en bois, et qui ressemblaient à des pierres précieuses, tellement elles brillaient, comme ces minuscules piments verts, jaunes ou violets, ou alors à de la poudre d'or, de malachite et de platine. On aurait dit que toutes ces choses délicieuses attendaient qu'un artiste vienne les peindre, et qu'il emmène avec lui une centaine de tubes de couleurs, car on se serait cru devant un l'arc-en-ciel vivant. À moi, ils me donnaient une forte envie de les croquer, tour à tour, jusqu'à ce que mon palais s'imprègne du goût de leurs mille saveurs mélangées. Nous avons finalement bu, Papa et moi, un grand verre de jus de coco avec de la glace pilée. Ça nous a bien rafraîchi. Ensuite, dans le quartier des artisans, il m'a offert une chouette ceinture en cuir martelé, orné d'une boucle en forme de jaguar et de poinçons cuivrés, ainsi qu'une paire de mules en chevreau, avec mon prénom, que le vendeur, cigare aux lèvres, avait incisé devant nous. Ça sentait bon le cuir travaillé. Papa s'est acheté deux belles descentes de lit frangées, ornées de motifs d'oiseaux, des tapisseries, et une grande coupe de tissu beige pour tentures.

«Comment tu trouves?» m'a-t-il demandé. «C'est pour ma nouvelle maison. Autant que je m'y habitue déjà, hein.»

À ces mots, j'ai failli lui crier: «Mais bats-toi, ne sois pas si lâche! Je ferai tout mon possible pour vous aider tous les deux. Bats-toi pour moi, ne m'abandonne pas!» Mais je restai silencieux et mes yeux ont commencé à se voiler de tristesse. L'ayant remarqué, il me dit:

«Cela arrive à des milliers de parents, tu sais, mon chéri. Mais toi, je t'aimerai encore plus, et, cela, toute ma vie.»

Sa remarque n'a fait que m'enfoncer davantage dans mon désarroi. Reprenant le chemin des étals de fruits, près de l'entrée du *mercado*, il s'arrêta devant une pyramide de mangues et en acheta trois. «Ton fruit préféré.» me dit-il en s'efforçant de sourire – lui aussi était triste.

DOLORES: J'avais bien besoin de me garder cette journée pour moi toute seule, afin de pouvoir rassembler mes pensées. J'ai voulu retourner voir le Mont Alban. Ce paysage fait de silence et de désolation est d'une beauté angoissante. Mais quel point de vue pour les Mixtèques qui dominaient ainsi la vallée entière! J'ai moins apprécié Mitla cette fois-ci, c'était sans doute à cause du temps orageux et étouffant qu'il faisait. Et ces coups de tonnerre à répétition, sans que n'éclate le moindre orage, m'ont mis les nerfs à vif.

Il en a du toupet ce guide, dis-donc! «Est-ce que mes explications vous ennuient à ce point? Pour vous faire autant bailler!» m'a-t-il murmuré en espagnol, tandis que je remontais dans le car. Et cette façon qu'il avait de me fixer parfois tout en s'adressant aux autres touristes, passant la langue aux commissures de ses lèvres. Ce Francisco est un beau grand gaillard, je dois l'admettre, il respire la testostérone. Insolent, va!

Ai-je rêvé ou m'a-t-il subrepticement mis la main à la cuisse à la sortie du restaurant? Un sentiment ambivalent s'est alors emparé de moi, car ce type m'excite et m'irrite à la fois; je lui aurais bien flanqué une gifle s'il n'y avait pas eu tout ce monde. J'avais oublié à quel point les *Latinos* pouvaient être machistes. Regardez-moi ça comme il est sûr de lui. Croit-il que je vais tomber à ses genoux? Et si tel était le cas? Oh là là, je délire. Quelle touffeur!

L'excursion terminée et le dernier touriste parti, Francisco m'a demandé, cette fois, sur un ton amical, qui m'a d'ailleurs prise un peu de court, si je voulais prendre un verre avec lui.

«Pourquoi pas?» ai-je répondu sans trop réfléchir, surtout que j'avais encore quelques heures devant moi avant de rejoindre Hans et Fabian. Et il m'a invitée à prendre place dans sa Toyota. Mais comme je voyais que nous quittions l'artère principale de la ville, je lui ai dit: «Je pensais que nous allions dans un café, sur le *zocalo*.»

«Vous êtes fatiguée et vous devez avoir bien soif», fit-il en souriant, «moi aussi d'ailleurs», a-t-il poursuivi avec évidence, «je vous emmène chez moi, où vous pourrez vous mettre à l'aise.» Je transpirais, la tête me tournait et je n'eus pas la force de le contredire.

Laissant derrière nous les dernières maisons, nous nous engageâmes bientôt sur un chemin caillouteux, au bout duquel s'érigeait une petite villa isolée, au flanc de la colline.

Le jardin se composait d'un ficus et de deux frangipaniers, autour desquels poussait de l'herbe sauvage. «C'est bien l'endroit d'un célibataire, cette parcelle délaissée, ces murs à peine chaulés.» pensai-je. «Touchant.»

J'eus à peine le loisir de détailler la salle de séjour, protégée de la chaleur et de la lumière, par de lourdes tentures en calico, et imprégnée d'une forte odeur mêlée de cire et de vieux bois, que mon hôte alla chercher au frigo une carafe contenant du jus de grenade, boisson que je trouve délicieuse, et qui étanche la soif, surtout en temps de canicule. Aussitôt que nous eûmes vidé nos verres, il me suggéra, avec une certaine désinvolture:

«Pourquoi ne prendriez-vous pas une douche? Vous vous sentirez bien mieux. Je ferai de même.» Devant tant d'audace et à la fois de prévenance, je me sentis désarmée.

Dix minutes plus tard, rafraîchis et sentant bon l'eau de Cologne, nous nous trouvâmes dans la chambre à coucher, étendus sur son lit, et complètement nus.

Il m'embrassa sur la bouche, puis, avec douceur, fouilla longuement mon palais de sa langue encore parfumée de jus de grenade. Sans transition, il me caressa de ses grandes mains protectrices et parcourut mon corps de baisers-ventouses, me mordillant tantôt la nuque, tantôt le lobe d'une oreille, comme un chiot, et cela me rendait folle de désir.

«*Como te quiero! Eres mi diosa*», me souffla-t-il. Et en effet, entre ses bras, je me sentais comme une déesse.

Nos lèvres et nos corps se soudèrent, tandis que nous chavirions au milieu des vagues déferlantes du plaisir. Ma peau crissait d'une joie de plus en plus intense au fur et à mesure que son sexe investissait mon intimité. Le macho, naguère arrogant, que je voulais gifler, s'était mué en l'amant le plus délectable. Nous fîmes l'amour, une, deux, trois fois, pratiquement sans reprendre notre souffle, et chaque fois que nous jouissions, ensemble, ou l'un après l'autre, il me semblait que la terre entière se faisait l'écho de nos ébats, et que les montagnes qui nous cernaient se penchaient sur nous avec la plus grande mansuétude, nous encourageant à les poursuivre jusqu'à l'épuisement. Notre sang et nos deux peaux s'accordaient dans une symbiose éthérée qui devait ressembler à celle des deux premiers amants de l'univers, avant que la notion de repentance ne vienne tout gâcher.

Lorsque nous revînmes à nous et que, lentement, les limbes de l'esprit s'effilochèrent pour céder la place à la tyrannie de la raison – l'effet que produit un long et délicieux sommeil, brutalement interrompu par un volet qui claque, et qui laisse s'engouffrer la lumière, telle une gerbe de feu, pour ensuite vous projeter méchamment dans le quotidien –, nous nous regardâmes comme des enfants perdus, à la croisée d'un chemin, nous demandant quelle direction il fallait prendre, et dans la seconde qui sépare deux éclairs, nos visages furent traversés par toute une palette d'émotions. Encore empreints de l'odeur si particulière de sueur, de sexe et de jus de grenade, nous demeurâmes longuement silencieux. Puis, avec un sourire peiné, Francisco prit mon visage entre ses deux mains, comme pour cristalliser ce moment qui, nous le savions, devait s'arrêter là. Ses beaux yeux noirs s'humectèrent, et d'un coup, nous nous mîmes tous les deux à sangloter. Ce fut moi la première qui arrêtai les effusions, et, sautant hors du lit, je rassemblai mes vêtements.

«Il faut que je m'en aille, Francisco!» fis-je, d'une voix enrouée, «J'ai bien prévenu mon fils et mon mari de ne pas m'attendre, mais si je rentre trop tard, ils pourraient soupçonner quelque chose.» conclus-je, cette fois, le ton ferme et assuré.

HANS: Elle avait l'air épuisée mais heureuse, et quelque peu éméchée.

«Après nos visites, j'ai rejoint un groupe de Californiens avec qui j'ai sympathisé,» nous a-t-elle appris, «et nous sommes allé trinquer à une terrasse de café. Tu sais comment ça se passe, en compagnie, nous avons parlé de ci, de ça, et nous avons même retrouvé des personnes que nous connaissions en commun. Voilà pourquoi je suis un peu en retard.»

Il est vrai que je commençais à m'énerver, lorsque j'ai vu qu'il était vingt et une heures passées, mais après tout, elle aussi a droit à son espace de liberté. Je devrais être le dernier à le lui en vouloir. Mais quand Fabian lui a annoncé que j'avais décidé de prolonger notre séjour à Oaxaca jusqu'à la fin de la semaine, elle a sursauté, et après quelques secondes d'hésitation, elle a dit: «Pourquoi pas, moi aussi je trouve cette petite ville bien agréable!» Tant mieux, car je ne pense pas qu'il faille précipiter cette rencontre tant attendue avec l'oncle Ludwig, surtout que je ne sais pas comment ses révélations vont m'affecter. On a beau se préparer dans l'abstrait, la confrontation directe, surtout avec quelqu'un de si proche et que l'on n'a plus vu depuis des siècles, apporte toujours des éléments qui, soit vous réconfortent, soit, au contraire, vous perturbent encore plus.

FABIAN: Ce matin, Maman avait l'air bizarre, comme si quelque chose la gênait, et qui n'a rien à voir avec le divorce, enfin je crois, puisqu'elle continue de dire que sa décision est prise. Je suis resté avec elle toute la matinée, à faire les boutiques et les échoppes, tandis que Papa, lui, s'est rendu chez son vieil oncle qui habite ici. Il ne nous a rejoints qu'à l'heure du déjeuner. Et c'est là que Maman nous a encore surpris. «Je voudrais rester seule, cet après-midi», nous a-t-elle brusquement lancé, puis, me caressant la tête, elle me dit: «Excuse-moi, mon chéri, je ne voulais pas t'agresser, seulement, vois-tu, j'ai moi aussi, parfois besoin de solitude, il y a tant de choses à considérer dans nos vies.»

D'après Papa, elle va peut-être changer d'avis. Moi, je ne le pense pas, mais je n'ai pas voulu le fâcher. Il n'eut même pas le temps de lui dire comment s'étaient passées les retrouvailles avec son oncle. Lorsque je le lui demandai, il a soupiré:«C'est compliqué, tu sais, je l'ai à peine reconnu, nous ne sommes plus comme avant l'un avec l'autre. Trop d'eau a coulé sous les ponts, mais un jour, plus tard, oh oui, plus tard, je te raconterai cela. Allez, partons maintenant.»

Un drôle d'incident a eu lieu alors que nous nous dirigions vers le *zocalo*. Papa prenait en photo une vieille femme zapotèque qui tenait une fillette sur ses genoux. Il y avait près d'elle une pile de nappes brodées et de paniers en osier, qu'elle avait sans doute elle-même confectionnés. Quand elle s'est aperçue qu'elle venait d'être photographiée, elle a tout de suite entouré le visage de la petite fille de ses deux bras, comme pour la protéger, et elle s'est mise à nous fixer avec un regard mauvais, en espagnol:

«Parce que vous avez essayé de voler notre âme, *maldito extranjero* , les dieux vous puniront avant même que vous ne quittiez ce pays, *gringo*.» Et elle a tourné son regard ailleurs, comme si elle nous avait subitement effacés de sa mémoire. Papa a alors froncé les sourcils, avec l'air de croire à la menace qu'elle venait de proférer. J'ai ensuite fait de grands yeux pour le rassurer, c'était des superstitions de l'ancien temps, ça!

Il y avait toujours les mêmes danseurs emplumés et le garçon de mon âge, tapant sur son tambour, qui exécutaient leur numéro devant une assemblée, cette fois, un peu moins nombreuse que la veille. Décidé à finir sa pellicule, Papa les a mitraillés avec une telle rapidité, comme pour effacer les malédictions de la vieille femme. Mais tout à coup, son appareil s'est enrayé. Il s'est alors écrié: « *Sheisse* (merde)- quand Papa s'énerve, c'est toujours en allemand –, les piles sont mortes. Allons en racheter d'autres, là, en face, ils sont encore ouverts!» s'exclama-t-il. Après les avoir remplacées, il appuya sur le déclencheur, mais l'appareil refusait de se mettre en marche. Nous avons alors échangé un regard complice.

Et si cette sorcière avait dit vrai? Un frisson me parcouru le dos. «Ouf!» soufflai-je.

Comme nous commencions à avoir faim, Papa m'emmena dans un restaurant typique, situé en terrasse, au premier étage. C'était un endroit superbe, car il donnait sur un patio entouré de fougères, de cactus et de plantes à caoutchouc, avec au centre, un grand bac rempli de fleurs. Je me serais cru dans un décor de western et m'attendais à ce que, à tout moment, des *bandidos* surgissent, leurs fusils pointés vers nous. *Aï, Caramba*!

N'y connaissant rien, j'ai laissé Papa choisir les plats du menu. Nous avons commencé par une *quesadilla* , *taco* de fromage servi avec de l'avocat, des haricots et des pommes de terre, suivi d'une *enchilada* , tortilla accompagnée de riz, de crevettes et de carrés de porc frits. Papa a ensuite voulu essayer une spécialité locale, appelée *gusanos de maguey* , mais lorsqu'il m'a expliqué qu'il s'agissait de sauterelles grillées, j'ai eu envie de vomir. Pour le dessert nous avons eu droit à de la *pitaya* , le fruit d'un cactus, ainsi que des *tomales.* Toutes ces saveurs, si nouvelles pour moi, étaient fantastiques. Papa m'a fait goûter au *pulque* – une mixture blanchâtre et visqueuse à base d'agave –, que j'ai d'ailleurs failli recracher. De toute façon, j'avais tellement mangé que je me sentais plein comme une outre. «Une goutte de *tequila* t'aidera à digérer tout ça,» dit papa, en me faisant un clin d'oeil coquin, «mais attention, tout dou-ce-ment, parce que c'est fort.» Fort? Assassin, oui!!! Même en le sirotant, du bout de la langue, j'ai senti comme si un filet de lave en fusion enflammait ma gorge.

Nous sommes rentrés à l'hôtel tout saouls, rigolant comme deux zigotos, oh que c'était sympa! Maman n'était pas encore rentrée, et comme je pouvais à peine garder les yeux ouverts, je me suis laissé tomber sur mon lit et me suis endormi presque instantanément. C'est Papa qui a dû me déshabiller, je n'en avais pas la moindre force.

Le lendemain, je me suis réveillé reposé et plein de force. Papa, par contre, avait passé une nuit blanche, il avait attrapé la *turista* et n'a cessé d'aller aux cabinets. Nous étions de nouveau seuls, lui et moi, Maman ayant laissé un mot pour dire qu'elle ne rentrerait que l'après-midi – je ne l'ai même pas vue partir. J'ai dû m'occuper de Papa, le pauvre, et j'ai fouillé dans la trousse de médicaments où j'ai enfin trouvé de l'Immodium que je lui ai fait avaler avec un grand verre d'eau filtrée *electropura*. Qu'est-ce qu'il peut être douillet quand il est malade, mon père. Il dramatise et se plaint de tout: « Ferme les rideaux... la lumière me gêne... garde la porte entrouverte, il fait trop chaud... veux-tu fermer le robinet de la salle de bain? Le bruit de l'écoulement m'agace... tu peux chasser cette salle mouche, elle me rend dingue avec son bourdonnement... Et quoi encore, ah, vraiment, *lieber Vati* , tu me fatigues avec toutes tes exigences. Il n'était bien entendu pas question qu'il descende déjeuner, j'ai alors commandé une assiette de riz blanc pour lui et un sandwich au jambon et au fromage pour moi. C'est peut-être n'importe quoi, mais je commence à me convaincre que cette sorcière zapotèque lui a jeté un sort.

Maman est revenue vers quinze heures et a demandé comment se remettait Papa. Là, j'ai trouvé qu'elle exagérait un peu, car ils étaient encore mariés, à ce que je sache, elle aurait pu quand même faire l'effort de le soigner, au lieu d'aller encore se promener en ville, me laissant seul à m'occuper de lui. Mais que pouvais-je lui dire – l'atmosphère était déjà assez tendue comme cela –, sauf qu'il allait mieux et qu'il venait de quitter l'hôtel pour rejoindre son oncle. On a l'air de jouer au chat et à la souris dans cette famille. Je commence à en avoir marre, moi, de leurs caprices de grands, égoïstes qu'ils sont!

DOLORES: J'ai quitté Francisco il y a moins d'une demi-heure et déjà mon corps le réclame. Pourtant, c'est à peine si nous échangeons quelques mots. Mais il est tellement bon de ne pas avoir à s'expliquer, de pouvoir oublier ne fût-ce que pour un moment, ô combien délicieux, nos complexités existentielles. Étrangement, je n'en veux plus à Hans. Est-ce un sentiment passager? Je ne veux même pas me poser la question. Le pauvre, il était dans un piteux état hier!

HANS: On a beau préméditer, anticiper, envisager toutes les hypothèses possibles et imaginables, mais rien ne vous prépare vraiment au face à face avec un être émergeant de votre plus tendre enfance, et que vous avez ensuite réussi à effacer de votre mémoire, ou du moins, à loger dans les recoins les plus éloignés de votre esprit, comme l'on enfonce dans le sable un vieux mégot.

Devant moi, je trouvai un homme pratiquement chauve, au visage osseux et aux yeux égarés – dûs sans doute à l'alcool – et dont le regard avait du mal à se fixer. Il n'était pas vraiment maigre mais il avait perdu une grande partie de cette corpulence, dont je me souvenais, et surtout, il me paraissait bien petit de taille – il est certain qu'à sept ou huit ans, vous voyez les adultes un peu comme des géants.

Avant de m'embrasser, il me tendit une main calleuse, toute parcheminée et constellée de taches jaunâtres. Alors que je m'étais promis de ne pas céder à la compassion, il me faisait tout à coup pitié. Il s'est alors installé dans un vieux fauteuil en cuir et m'a questionné sur ma vie, mais je me rendais bien compte que ça ne l'intéressait que marginalement. Il voulait surtout avoir des nouvelles de son vieil ami Rudolf, celui-là même qui m'avait mis en rapport avec lui. Après cette heure de préambules – attente qui me rongeait les sangs, tant je trépignais d'impatience – je lui ai parlé de Fabio. Dès qu'il entendit prononcer le nom, il se renfrogna, puis se mit à tousser et à trembler de tous ses membres. J'ai couru à la cuisine, et sans réfléchir, lui ai versé un verre d'eau du frigo, que je lui ai ensuite fait boire. Une fois la quinte apaisée, je dus attendre dix autres minutes, de peur qu'il ne retombe dans ce lamentable état.

«Ce n'est pas ma faute», je te le jure, «parvint-il enfin à me dire, la voix cassée,«j'ai voulu le protéger jusqu'à la fin. J'avais même trouvé une famille qui pouvait l'héberger et le cacher à la ferme, mais avant même que je puisse l'y emmener, un ordre me parvint selon lequel je devais rejoindre sans délai une compagnie sur le front de l'est. Je l'ai alors confié à un ami, mais j'appris, à la fin de la guerre, que celui-ci...»

J'eus un coup au coeur et ne voulus pas entendre le reste. La douleur et la rage me prirent alors à la gorge et je me précipitai au dehors, courant, courant comme un forcené.

Les larmes me noyèrent les yeux et je m'entendis hoqueter Fa – bio... Fa – bio... avec un écho qui envahissait non seulement tout mon corps, mais qui se répercutait, me semblait-il, aux quatre coins de la vallée désertique dans laquelle je voulais me laisser happer, afin de ne plus avoir à entendre les horreurs du passé. Et le nom de l'ange perdu tonna dans ma tête; j'eus le vertige, jusqu'à ce que je perdisse momentanément connaissance.

FABIAN: Nous sommes partis hier de Oaxaca, mais sans que Papa nous ait présentés à son oncle Ludwig. Il m'a donné comme prétexte que l'oncle était devenu un vieux monsieur perdant la mémoire, et que de toute façon, si nous étions allés le voir, cinq minutes après qu'il nous eût rencontrés, il aurait oublié qui nous étions. Il valait donc mieux laisser tomber.

Dans le coin d'une salle du *Palacio* à Palenque – d'après notre guide ce mot maya signifie 'entouré d'arbres' –, j'ai vu Papa et Maman faire le geste de se rapprocher pour s'embrasser. Cela a duré quelques secondes, car dès qu'ils m'ont aperçu ils se sont éloignés l'un de l'autre et ont regardé le plafond, faisant tout à coup semblant de s'intéresser à une sculpture. Malgré la semi-obscurité et la forte chaleur, j'étais rempli de joie, et je me suis mis à grimper les galeries du palais, sortant par une porte, me lançant dans la jungle, puis y retournant par une autre, comme un chien fou, qui vient de renifler une proie. Après cette course dingue, dégoulinant de sueur, mais heureux, je suis ressorti, et cette fois, me posai, sur un muret. À quelques mètres des ruines, on était au milieu de la forêt vierge, avec tous les bruits qui l'accompagnent, le joyeux gazouillis des oiseaux, le bourdonnement d'insectes moins sympathiques et les cris des singes hurleurs, qui eux se montraient de temps en temps, sautant d'une branche à une autre, comme pour nous narguer: «C'est quoi tout ce boucan? Vous êtes chez nous, ici, allez, ouste!» Et oubliant, dans ce qui, pour moi, ressemblait à une fête, que sous mes pieds rampait peut-être un serpent venimeux, je priai à la fois Jésus Christ et Quetzalcoatl, pour que notre famille reste unie. À cet instant, où mon coeur se remplissait de joie, j'entendis craquer des brindilles et vis l'une d'elles tomber à un mètre de moi. Je haussai le regard et aperçus à travers les branchages un couple de singes qui se pourchassaient. Ils se montraient les dents avec défi et se mirent à pousser des cris stridents. Chaque fois que la femelle s'arrêtait – elle était plus petite que son adversaire (ou était-ce son compagnon?) –, le contrant avec des gestes furieux et des braillements, le mâle s'arrêtait lui aussi, et le face à face recommençait, avec insultes et tapages qui résonnaient dans toute la jungle. On n'entendait plus qu'eux. Mieux vaut ne pas intervenir, pensai-je, rigolant tout seul dans mon coin, et soudain, j'eus dans ma tête l'image hilarante que c'était mes parents là-haut, se chamaillant.

Mais ils revinrent malheureusement bien vite à la réalité que je redoutais. Finis les sourires entre eux, oubliés les jeux de poursuite de la jungle!

Nous reprenons l'avion demain, cette fois pour Merida, dans le Yu – ca – tan, ensuite, à nous, Chi – chen – Itza!

DOLORES: Le feu s'est propagé dans mes artères depuis ces trois jours d'amour passionné avec Francisco, et rien ne semble plus m'apaiser. À tel point, que maintenant qu'il n'est plus là, j'agis sans discernement: dès que nous sommes rentrés à l'hacienda, après l'éblouissant spectacle de Chichen Itza en son-et-lumière, j'ai pratiquement violé Hans. Il était plus que ravi, bien sûr, même si je l'ai averti que c'était purement physique et que cela n'influerait nullement sur ma décision – je ne cesse de le lui répéter. Ça le fait sourire et il ne rétorque pas. Ma faute, *mea culpa*, mais je ne peux pas me retenir. Nous ne nous étions pas touchés depuis des mois. À présent, lorsque nous faisons l'amour, je ferme les yeux et vois Francisco, je sens son odeur, je l'entends soupirer d'extase.

HANS: Je regrette d'avoir revu cet homme, ce... ce... mais comment ai-je pu appartenir à une telle famille, être le fils et le neveu de ces nazis! Savoir, savoir à tout prix, et même au prix de la déchéance. Heureusement qu'il y a Fabian, car sans sa présence à mes côtés, sa vitalité, sa curiosité toujours en éveil, je serais tombé dans la plus profonde des dépressions. Mon Fabian chéri... personne d'autre que moi ne le sait, et ni toi, ni ta mère ne le saurez jamais, tu portes son nom... Et toi, Fabio, si par je ne sais quel miracle, tu revenais parmi nous, tu serais le parrain de mon fils, et il t'aimerait comme moi je t'ai aimé.

Elle m'a pratiquement traîné à l'intérieur de l'observatoire, et si ce n'était pour Fabian qui rôdait alentour et qui pouvait nous rejoindre d'un instant à l'autre, elle m'aurait contraint à la baiser séance tenante, tout habillés que nous étions.

DOLORES: J'ai eu un cauchemar épouvantable: Hans portait un chatoyant habit toltèque et présidait au jeu de la balle. Quelqu'un énonça la liste des noms des gagnants, et dès que le maître de cérémonie se mit à descendre les quatre-vingt-onze marches du *Castillo* , donnant sur le court central, un tapis rouge fut déroulé pour le recevoir. C'était un rouge qui brillait comme une coulée de rubis en fusion. Lorsqu'en clignant les yeux, je m'aperçus qu'il s'agissait, non de rubis liquéfiés, mais du sang encore chaud des perdants, et dont les têtes sectionnées roulaient, en cascades, au bas de ces mêmes marches, formant, comme une procession macabre autour de Hans, je poussai un cri d'effroi. Mais lorsque ce dernier rejoignit le terre-plein, me prenant par la main, et qu'il me montra le cercle des victimes décapitées qui, à présent, tenaient, chacune, sa propre tête, par les cheveux, tel un trophée sanguinolant, je m'écroulai. Treize paires d'yeux me fixaient en silence, tandis que Hans me pénétrait vigoureusement, moi, étendue sur le sol, à demi-évanouie.

HANS: Cette forteresse, érigée sur la falaise, et surplombant le turquoise de la mer caribéenne, avait dû fasciner Cortès. Il y a ici, à Tulum, contrairement aux autres sites construits dans la jungle, une atmosphère de liberté marquée par le vent du large et les flots en perpétuel mouvement. Il n'est pas étonnant que les Mayas et les Toltèques aient usé de tous les moyens dont ils disposaient, flèches, gourdins et lances, pour débouter leurs ennemis. Et si ces derniers opposaient une ultime résistance, ils lâchaient sur eux une volée de nids d'abeille. L'idée même me donne des frissons. Arme écologique, s'il en est! Et bien avant que le mot ne soit inventé.

FABIAN: Quand nous sommes rentrés de la plage de Cancun, Maman et moi, une surprise nous attendait. Le réceptionniste lui remit une enveloppe. C'était une lettre de mon père. «Mon petit Fabian», écrivait-il, «avant de m'embarquer pour ce voyage, je ne pouvais me faire à l'idée que ta mère et moi puissions divorcer. Mais j'ai compris à présent qu'elle avait raison. Certains ne sont pas faits pour le mariage. Et je compte parmi ceux-là. J'ai pris une décision, qui pourrait te paraître bizarre: de retourner à... Oaxaca, où j'ai l'intention de séjourner encore deux semaines, car j'aimerais voir si je peux m'acclimater à l'endroit. Je vous rejoindrai tous les deux à la maison, afin de régler nos affaires. Ensuite, je déciderai si oui ou non, je m'installe ici. Ne sois pas triste, mon chéri, tu pourras me voir quand tu voudras, même si je reste vivre au Mexique.»

«Il est devenu fou, ma parole», s'est exclamée Maman, lorsque j'ai replié la lettre, au bord des larmes. Elle s'est ensuite calmée et m'a pris dans ses bras. «Nous arrangerons tout ça à son retour à la maison,» m'a-t-elle alors dit, puis, tout bas, elle a poursuivi, «C'est... c'est incroyable qu'il veuille s'installer à Oaxaca où... où...» puis, là, en me regardant, elle s'interrompit et se mit à pleurer.

CRITIQUES ET ESSAIS CONCERNANT L'OEUVRE D'ALBERT RUSSO EN FRANÇAIS (SÉLECTION)

A propos de Incandescences:

Michel Droit, Le Figaro Littéraire

"J'ai lu les récits que vous avez bien voulu me confier, et j'y ai trouvé beaucoup d'imagination, de sensibilité et de qualité de style. En particulier, vous savez fort bien traduire l'Afrique et la situer sur son vrai plan par rapport à nous qui n 'y sommes pas nés, mais qui l'aimons un peu comme si nous ne pouvions pas échapper à ses sortilèges."

Douglas Parmée, Professeur de Littérature et traducteur , Queen's College, Cambridge.

"Ce qui m'a surtout impressionné est la variété des textes contenus dans ce recueil, ainsi que la grande qualité de style. J'ai le sentiment que l'auteur de ce livre produira un jour une oeuvre importante."

A propos de Eclats de Malachite (Editions Pierre Deméyère, Bruxelles):

Georges Sion, de l'Académie Goncourt et de l'Académie Royale de Belgique, Le Soir.

"L'air, le paysage, la lumière, un certain mode de vie: tout y exprime la justesse douloureuse d'un univers aboli que tant d'êtres regrettent avec une inguérissable nostalgie... L'auteur est nourri d'expériences multiples, d'émotions qui se bousculent et bousculent son écriture.

Jeune Afrique

"Ce livre est écrit comme un exorcisme et une confession, dans un langage proustien... Tel quel, il est envoûtant et dévoile un talent certain."

La Dépêche de Lubumbashi

Zaïre "Le message humain, c'est cela le 'fétiche' qui fait vibrer l'ouvrage d'Albert Russo... Une oeuvre retentissante."

Jean-Claude Bourret, Vie et Succès, Paris.

"La nostalgie de l'enfance décrite par un grand écrivain: Albert Russo. Retenez bien ce nom. On en reparlera."

Robert Goffin, poète (de l'Académie Royale de Belgique)

"Je ne peux résister au plaisir de vous féliciter. Tout cela est excellent. J'ai beaucoup aimé vos poèmes.".

A propos du Cap des Illusions, Editions du Griot, Paris (la première version du livre fut publiée sous le titre La Pointe du Diable aux Editions Pierre Deméyère, Bruxelles)

Revue Zaïre, Kinshasa

"Avec ce roman, il ne fait pas l'ombre d'un doute que Russo acquiert une gloire parmi les valeurs sûres de la littérature de'aujourd'hui. L'oeuvre va loin. Tout en traitant l'un des problèmes les plus angoissants de notre temps dont on se demande pourquoi ils se posent, l'auteur nous arrache de l'arsenal de la réalité pour nous poser dans celui de la poésie. Non de cette poésie faite pour sa satisfaction, mais de celle-Ià même qui est création, participation."

Nouvelles Littéraire, Robert Cornevin, historien de l'Afrique, Directeur de la Documentation Française et Président de l'A.D.E.L.F.

"C'est en Afrique du Sud que l'auteur situe l'action d'un excellent roman... drame du racisme sud-africain."

Eclipse sur le lac Tanganyika, roman, *Le Nouvel Athanor,*
Paris

Revue du Club des Lecteurs d'Expression française, publiée avec le Concours de la Coopération et du Développement et du Ministère des Affaires Étrangères, Paris.

"... Tutsis et Hutus y préfigurent la grande catastrophe déclenchée il y a peu. Passions érotiques et politiques s'y mêlent chez des personnages issus de communautés diverses: grecque, italienne, belge, ismaélite, américaine, cherchant à profiter des rivalités tribales et des enjeux du pouvoir. Le personnage principal en est un certain Dimitri Spiros qui fut, en réalité, exécuté le 30 juin 1962 pour avoir assassiné, sur ordre, le prince tutsi Ruego. Les tenants et les aboutissants de cette intrigue picaresque sur fond de lutte pour l'indépendance au Rwanda et au Burundi se dévoilent par une maîtrise parfaite de l'art de la narration. Les senteurs, les couleurs, les paysages, les relations humaines particulières à l'Afrique donnent une réalité charnelle aux nombreux personnages qui partagent avec le lecteur les sensations fortes et les amères réflexions. La vérité des situations, le naturel des dialogues, l'élégance, l'humour, la sensualité des tableaux qui se succèdent, mais aussi la pertinence des questions soulevées. 'Nous ne pouvons qu'être universalistes, ou ne pas être du tout; c'est la seule alternative pour l'avenir', se plaît à dire le jeune Salim, brillant diplômé d'Oxford, rentré au pays pour son mariage. Mais sa fiancée, Dalila, est amoureuse du prince Ruego, démiurge de l'indépendance burundaise, Ruego auquel elle doit renoncer parce qu'il est Noir et qu'elle est ismaélite...

Reste une pleine réussite au plan littéraire dont la marque distinctive est avant tout un style. Style fait de rigueur et de naturel, d'exubérance et de netteté, de lyrisme et d'ironie, style parfaitement harmonieux qui coule de source et qui vous porte comme une vague."

Dans la nuit bleu-fauve / Futureyes, livre de poésie bilingue (en français et en anglais),

Nadine Dormoy, fondatrice de la Revue Europe Plurilingue superbement illustré par Ianna Andréadis et Karl Hagedorn, Le Nouvel Athanor, Paris

«Albert Russo est un gourmet du langage aussi bien que des langues qu'il accommode avec la virtuosité ou la langueur du musicien, l'audace ou la minutie du peintre."

Le Mensuel littéraire et poétique

"... Le thème du 'sang mêlé', cette valeur métisse revendiquée par l'auteur et la révolte constante contre les barrières humaines s'alimente bien à cette source-là, poésie qui est toute entière un 'Emergency call', lutte contre le gel et le givre, images récurrentes de ce qui divise et fige l'histoire."

Le Cap des illusions, roman, Éditions du Griot,

Tribune Juive, Paris.

En Afrique du Sud, dans les années soixante, les Debeer, famille d'Afrikaner (colons blancs d'origine hollandaise ou huguenotte), se trouvent brusquement 'déclassés', passant du statut de Blancs à celui de Métis. Prudence, soupçonnée lors de la rentrée des classes d'avoir du sang noir, doit passer devant une commission médicale. Là, un simulacre de procès aux conclusions pseudo-scientifiques (analyse des ongles, de la chevelure, etc.), permet à la Commission de décider que la famille Debeer n'est pas blanche, et que, par conséquent, elle doit être déclassée. En vertu des lois sur l'apartheid, ceux-ci doivent changer de domicile, pour s'installer dans le ghetto sur les versants de Devil's Peak, non loin du Cap dit de Bonne Espérance. Ce roman, basé sur des faits réels, nous conte l'histoire de cette brusque et tragique déchirure. L'autre aspect du récit est la vision de la société sud-africaine et de l'histoire des Debeer, telle que nous la raconte Michaël, jeune Anglais venu passer ses vacances chez son oncle au Cap. Michaël s'éprend de Prudence, mais à cause de la loi sur l'Immoralité, l'amour des deux jeunes gens de couleur différente est impossible, car interdit.

Vie Ouvrière, Paris

"... C'est de l'apartheid qu'il s'agit ici, cette maladie honteuse de l'Afrique du Sud d'avant Mandela, ce racisme institutionnel, froid, aseptique et comme 'venu d'ailleurs'. Il constitue la trame d'un roman poétique, et tendre, et sensuel. Ces pages sont celles d'un poète blessé dans sa chair par les griffes d'une société bête et féroce."

Les Nouvelles Littéraires,Paris

"C'est un roman excellent où la sensibilité le dispute à la qualité des descriptions dans la peinture d'un des plus graves problèmes humains de notre siècle, le racisme."

Sang Mêlé ou ton fils Léopold, roman, Éditions du Griot, Ginkgo Editeur, France Loisirs.

Préface de Michel Fabre, professeur à la Sorbonne, spécialiste des littératures noires.

"Au Congo belge, dans les années 50, Léo est adopté par Harry Wilson, américain en mal de paternité. Celui-ci et sa servante, Mama Malkia, opulente africaine au coeur d'or, comblent Léo d'affection. Bientôt, il va à l'école dans un établissement pour Européens. Le jeune métis, en proie aux moqueries de ses camarades blancs, se sent exclus, rejeté. Ni tout à fait blanc, ni tout à fait noir. Il se noue d'amitié avec Ishaya, petit juif, qui devient son plus grand complice. Puis, il fait l'apprentissage de la vie. Entraîné par un copain plus âgé dans une maison close, il fait une désastreuse initiation amoureuse. Il apprend, lors d'une scène violente, l'homosexualité de son père adoptif. Ce beau roman, dominé par Léo, jeune métis, traite en profondeur de la difficulté à vivre sa différence. Rare témoignage sur l'époque coloniale, Albert Russo décrit dans un style soutenu, des personnages sincères, des sentiments intenses. Un livre poignant, réaliste et fort. Une vraie réussite."

Mosaïque newyorkaise, récit, Éditions de l'Athanor, Paris

Jean-Luc Maxence, Editeur

"... Albert Russo revient à la poésie avec ce récit où deux continents antagonistes, l'Afrique et l'Amérique se confrontent. L'Afrique, c'est l'enfance du héros, Adrien, la saveur d'un fruit pulpeux, la vie rude et primitive. L'Amérique, c'est New York aux 'flèches de béton qui réduisent le ciel en lambeaux'. L'aiguille du temps oscille entre deux âges, l'enfance et l'âge mûr, comme celle de l'espace oscille entre deux mondes, l'Afrique et l'Amérique. La magie des mots et des images l'emporte sur la logique. Mais qu'y a-t-il à comprendre dans l'absurdité d'un destin? dans la vie elle-même?"

Éclats de malachite, récits et poèmes, Pierre Deméyère
Éditeur, Bruxelles.

Paul Willems (Directeur du Palais des Beaux Arts de Bruxelles, écrivain et poète)

"... Il y a là une façon de conter qui va comme une rivière souterraine qui affleurerait de temps en temps pour replonger aussitôt. Pensée allusive, langue souvent trop chargée (comme cette nature tropicale dont vous parlez si bien), mots et images parfois maniérés, tout cela contribue à créer un climat chaud et blessé, un climat troublant. On ne l'oublie pas... dès les premières pages, on sent un ton nouveau auquel on ne peut rester indifférent."

Jeune Afrique

"... Ce livre est écrit comme un exorcisme et une confession, dans un langage proustien ... Tel quel, il est envoûtant et dévoile un talent certain."

Joseph Kessel (de l'Académie française)

"... Je viens de lire les deux volumes que vous m'avez envoyés et leur ton m'a beaucoup touché."

Pierre Emmanuel (de l'Académie française)

"... Je tiens à vous dire le plaisir que j'ai eu à lire ces pages à la fois difficiles, sensuelles et pleines d'humour."

Zapinette Vidéo, roman, Editions Hors Commerce, Paris -

Avant-propos de Jean-Luc Breton.

«Zapinette Vidéo est âgée de 12 ans. C'est une petite délurée fin-de-siècle, goulue de jeux et d'ordinateur. Elle ne peut supporter Firmin, l'ami de sa mère, et s'affole lorsqu'elle apprend qu'elle va avoir un demi-frère. Elle n'a jamais connu son père et part à sa recherche avec son tonton adoré, artiste et farfelu, né en Italie du Nord dans la haute bourgeoisie lombarde, aujourd'hui modeste employé de la Poste. Ils feront ensemble un voyage en Italie à la recherche de leur passé. 'Zapinette Vidéo' est un roman à deux voix, celle candide et impertinente d'une fillette qui surfe sur la réalité virtuelle et rêve de goûter aux joies illicites de l'Internet et celle introspective d'un homme qui serait perdu sans sa nièce à ses côtés.»

Extraits de divers autre articles.

'Russo au Congo', par Michel Cressole, in Libération, Paris.

"*Sang mêlé*, d'Albert Russo, est une exception à la règle, qui veut que tout roman plongé dans l'Afrique noire, par un écrivain blanc ou noir, en ressorte tropicalisé, taraudé de personnages pittoresques, parasité de mots luxuriants et infesté de passages incantatoires. Ses phrases sont alignées au cordeau comme les rues d'Elisabethville."

'Sang mêlé', Le Figaro Littéraire, Paris:

"... Après plusieurs oeuvres écrites en langue anglaise, Albert Russo, qui a déjà reçu les prix Colette et Regain, marque avec cet ouvrage un retour réussi à la littérature française."

Lettre de James Balwin à Albert Russo écrite peu avant sa mort).

"... J'aime votre écriture, car dans un style policé vous exprimez des sentiments violents, faisant éclater des vérités terrifiantes."

Nadine Dormoy sur Albert Russo, Notre Librairie / CLEF (Ministère de la Coopération et du Développement et Ministère des Affaires Etrangères, Paris).

"L'oeuvre d'Albert Russo, riche déjà de quatre romans et d'un recueil de poèmes, *Dans la Nuit bleu-fauve/Futureyes*, est fondamentalement éclectique, et par là même inclassable. Elle est à la fois intimiste et cosmique, européenne et africaine, intégrant Nord et Sud. Elle est autobiographique, non au sens anecdotique, mais au sens large et intemporel, tout en restant fortement ancrée dans l'espace et dans le temps. Ses trois principaux romans, *Sang Mêlé ou ton fils Léopold, Le Cap des Illusions* (éditions du Griot, Paris 1990 et 1991), et *Eclipse sur le lac Tanganyika* sont des variations sur le thème de l'identification à un lieu d'enfance, lieu de mémoire devenu espace de la vie intérieure, de l'imaginaire et du mythe: l'Afrique. De ce point de vue, le premier roman est le plus remarquable et le plus frappant."

Charles Picqué, Ministre-Président de Bruxelles, sur 'Sang Mêlé', La Libre Belgique .

"... J'aime ces romans qui se déroulent sur fond historique, ici la période coloniale et post-coloniale. Les personnages dans 'Sang mêlé' sont complexes et d'une intériorité surprenante."

Lightning Source UK Ltd.
Milton Keynes UK
UKOW03f2250151014

240179UK00001B/22/P